1
Author ◆
可換
Illustration ◆
カット
關於
我靠前世所學
底層職業
的馴魔師
大翻身
這檔事
Useless Tamer
rn into the Top Unconsciously
evious Life Knowledge.

CONTENTS

第1話◆抽到了機率一億分之一以下的超稀有狀況

即使像聖騎士或英雄之類萬中選一的天才累積經驗成為了老練的高手，也依然連一半都無法攻略的難關迷宮。

身為馴魔師的我，帶著三隻從魔來到了那迷宮的最底層。

這裡是迷宮頭目房間的門前。

通過這扇門，戰鬥就會開始了。

我打開房間門，看到一隻揮舞著長棍子的猴形魔物。

也就是這座迷宮的頭目——孫悟空。

「嘰耶耶耶耶——！」

我和從魔們一進入房間，孫悟空就朝我們刺出金箍棒。

形成大量殘像的金箍棒高速連擊，是孫悟空拿手的攻擊招式之一。

如果是聖騎士碰上如此凶暴的連續攻擊，想必只有當場被打得落花流水的份……

不過我倒是簡簡單單就看穿了這招攻擊。

畢竟馴魔師能夠將從魔透過累積戰鬥經驗獲得的成長值，吸收一部分成為自己的成長值。

因此只要讓強大的從魔們經歷大量戰鬥，馴魔師本人也就能獲得超越聖騎士或英雄的戰鬥能力。

話雖如此，攻擊的主力依然是從魔們。

我首先讓自己的其中一隻從魔——覺醒超級史萊姆故意挺身承受金箍棒的攻擊，用史萊姆的強酸溶解刺進牠體內的部分。

被金箍棒貫穿卻完全沒有受到傷害的覺醒超級史萊姆，接著立刻恢復成原本的球體形狀，圓滾滾的眼睛彷彿在主張「我成功囉」似地對我瞄了一下。

相對地，受損的金箍棒在接下來整整一個小時內都無法發揮機能了。

如此一來，孫悟空的攻擊力便大幅下降。

隨後，我的另一隻從魔——覺醒巫妖開始詠唱咒文。

「▬◆✖⌘§£¶……」

由於是全身骸骨的巫妖在發聲，讓人聽不懂究竟在念什麼，但可以確定那是強大的咒文。

披在他身上的斗篷——正確來講那斗篷也是覺醒巫妖身體的一部分，所以這樣的表現方式並不適切就是了——兜帽底下的頭骨相當於眼睛的部分閃了一下光芒的同時，咒文發動。

「嘰呀啊啊啊啊啊啊啊啊！」

孫悟空忽然按著自己的頭部，痛苦起來。

原來如此。那是對孫悟空頭上那個環產生作用的咒文。

套在孫悟空頭上的環雖然能夠賦予牠強大的力量，但同時也具有在特定咒文下會緊掐頭部的性質。

覺醒巫妖就是攻擊了這項弱點。

然而孫悟空也並非都不反擊。

牠從自己頭上拔下幾十根毛髮，呼一口氣吹散開來。

結果那些毛髮一根一根變為孫悟空的小化身，朝我們攻擊而來。

不過就在那瞬間……

我的另一隻外觀像彩虹色球體聚集起來的從魔挺身擋在我們前方。

「哼！叫出一堆到處亂竄的麻煩傢伙。全都給我沉入知識之海吧！」

那隻從魔——覺醒猶格·索托斯如此說罷，便在空中叫出大量閃閃發光的球，讓它們朝孫悟空及其分身們飛去。

這樣的地毯式轟炸，讓整個房間中轟響四起。

過了幾秒鐘，光芒消失後，我看到那些分身們全都消失得無影無蹤，孫悟空也斷了氣。
——討伐結束了。
「這就是馴魔師的強大之處啊……」
我忍不住如此呢喃。
沒錯。在各種戰鬥職業之中，馴魔師是最強的。
理由只有一個。
因為唯獨馴魔師能夠使用「覺醒進化」的魔法，讓收服的平凡從魔升級到完全不同次元，甚至到傳說級的程度。
本來無論超級史萊姆、巫妖或猶格·索托斯都不是強大到集合三隻就能擊敗孫悟空的魔物……然而透過我身為馴魔師的魔法完成覺醒進化後，對他們來說，難關迷宮的頭目就根本不算什麼了。
在這個力量面前，即便是經驗老到的勇者、聖騎士或賢者……都有如一吹即散的碎紙片。
在這個世界，這可說是常識中的常識。
……言歸正傳。
總之先來犒賞一下從魔們吧。
於是我從收納魔法中拿出魔獸脆片。

「嘿、大家，來吃魔獸脆片吧。」

我說著，打開袋子放到地上。

結果那三隻從魔立刻朝魔獸脆片撲了上去。

真不愧是無論任何魔物都會吃得津津有味的萬能點心。

趁從魔們大快朵頤魔獸脆片的時間，我決定來回收戰利品了。

這次要回收的只有金箍棒，以及能夠在天上飛翔的雲狀乘坐物『筋斗雲』而已。

畢竟孫悟空的屍體本身並沒有當成素材的價值。至於頭上那個環因為是不人道的道具，我不喜歡，就丟著吧。

於是我將金箍棒與筋斗雲收入收納魔法中。

可是——

「……糟了！」

我的手頓時感受到某種好像要被收納魔法吸進去的感覺，當場明白自己要死了。

這是據說使用一億次都不一定會碰上一次，但只要發生就肯定沒救的收納魔法意外。

我萬萬沒想到自己居然會在這種地方發生這種事情……

◇

「讓開！沒用的馴魔師！」

一名少年如此大叫並用力把我推開。

就在這時，我回想起了前世的記憶。

……「因收納魔法意外而死的人，會繼承記憶與收納的東西投胎轉世。」這樣的說法，我好像在哪裡聽過。

本來還以為那只是不足為信的假情報……但既然發生在自己身上，看來其實是真的。

首先來整理一下狀況吧。

我轉世後的名字叫瓦里烏斯。

是個平凡無奇的八歲村人小孩，天生的職業適性跟前世一樣是馴魔師。

然後把我推開的這名少年，我記得是附近這一帶領主的兒子。

他年紀十五歲，職業適性為聖騎士。

雖然幾乎沒有貴族會對自己的領民擺出傲慢的態度，但這名少年畢竟正值青春期，難免會想要仗勢身分展現自己的優越性吧。

因此他剛才這番言行其實也沒什麼好計較——我雖然想這麼說，但還是覺得有點無法接受。

他居然說馴魔師……沒用？

如果是仗著身分的差距瞧不起人，我退讓個一百步還勉強可以接受。但他居然拿職業的事情來說嘴？

而且還是對「馴魔師」這個包含他的職業聖騎士在內，凌駕於所有戰鬥職業之上的職業。

拿這個當理由貶低別人的行為，再怎麼說都太誇張了。

……不過關於這點等一下再去想吧。

畢竟我們現在可是面對著一項重大問題。

在我們——也就是我和領主的兒子，以及另外兩名領民的眼前，有一隻魔物正逐漸逼近。

「嘿！區區歐克，靠我一個人就能解決了！」

領主的兒子如此說著，表現得威風凜凜。

的確，對於十五歲的聖騎士來說，一隻歐克根本不算什麼吧。

但……前提是對手如果真的只是歐克。

很遺憾，現在我們眼前的這隻魔物不是歐克，而是豬八戒的幼體。

豬八戒的幼體在外觀上酷似歐克，即便是經驗豐富的冒險者也很難光靠外觀分辨。

然而那強度的差異則是顯而易見。豬八戒即便是幼體也擁有兩名成人勇者的強度。

眼前這個領主的兒子光是承受對方一擊，搞不好就會造成致命傷。

如果是轉世前，這種對手只要叫覺醒超級史萊姆用身體撞一下就能輕鬆擊敗了……可是對於現在沒有從魔的我來說，沒有勝算。

簡單來講，這個狀況可說是窮途末路。

正當這麼想的時候，我又想起了另一件重大的事情。

「因收納魔法意外而死的人，會繼承記憶與收納的東西投胎轉世。」

換言之，現在的我還有討伐孫悟空獲得的金箍棒。

金箍棒伸縮的最高速度甚至超過音速。

只要在心中默念一聲「伸長」，就能讓它變成發揮出壓倒性動能的凶器。

而且伸縮週期的速度也快得異常，最快能夠在一秒鐘內連續突刺好幾十次。

只要吃上這招，我想就算是豬八戒肯定也招架不住吧。

從收納魔法拿出金箍棒的同時，我忽然想到一件事。

……仔細想想，我會被認為是在場所有人之中最不成戰力的存在，或許也是沒辦法的事情。

馴魔師是最強的職業沒錯，但前提是要有從魔。

而現在還八歲的我，連一隻馴服的魔物都沒有。

既然沒有從魔，當然就分不到從魔的成長值。因此就現在這個時間點來說，馴魔師確實是最弱的。

由於「馴魔師有從魔」這件事對我來說是太過理所當然的前提，所以我不小心就漏算了這點。

嗯，絕對是這樣沒錯。

領主的兒子剛才那句話肯定是說「（連一隻從魔都沒有的八歲）馴魔師根本沒用」的意思。

應該不是說「一般觀念上馴魔師毫無價值」的意思……不可能，不可能。

總算理解了這點的我，架起手中的金箍棒。

不管怎麼說，既然我有這把金箍棒就是在場最高的戰力，而且現在這個狀況下要是我稍微把戰鬥交給其他人負責，搞不好就會出人命了。

如果是平常情況，即便對方還是個小孩子，不聽貴族的話依然不太好。但現在狀況緊急，顧不得那麼多，就讓我出手戰鬥吧。

——正當我這麼想的時候……

「……不妙！」

我看到豬八戒從什麼東西都沒有的空間拿出一本書，於是趕緊把金箍棒的前端插到地面上。

接著緊抱住金箍棒，默默下令它大幅伸長，結果我就一口氣移動到了上空。

下一剎那，豬八戒手持的那本書綻放可怕的光芒，朝四面八方散發出教人毛骨悚然的氣圍。

那是豬八戒拿手的恐嚇招式——『恐怖經典』。

『恐怖經典』會將心靈創傷等級的恐懼植入效果範圍內所有生物的心中，使其當場昏厥。

雖然直接性的傷害為零，但是在昏過去的這段時間內便會被殺掉，因此只要中招就等於完蛋了。

而且那招發動前的時間非常短，察覺之後對他發動攻擊基本上是不可能的。

所以我才會在逼不得已下暫時先逃到上空。

我明明已經到相當高的位置，應該遠遠離開了那招的效果範圍，卻還是有種不寒而慄的感覺。

要是我直接中招……大概就會跟領主的兒子一起進了豬八戒的胃袋吧。

我從收納魔法中拿出筋斗雲，跳到上面。

畢竟以我現在的身體強度要是從這個高度直接落下，應該免不了骨折。

而且如果要狙擊豬八戒，也是從上空比較好瞄準。

讓金箍棒暫時恢復原本長度後，我仔細觀察豬八戒。

至於豬八戒則是對中了『恐怖經典』紛紛倒下的其他人瞧也不瞧一眼，直盯著我的方向。

那眼神彷彿在說：「絕不讓任何一隻獵物逃走。」

我將金箍棒的前端舉向豬八戒，瞄準他頭部。

豬八戒現在正詠唱著咒文，同時在手掌中凝聚魔力。

大概是絲毫沒想到金箍棒的伸縮能力是我方的攻擊手段，所以牠完全沒有考慮要防禦，把精神都集中在攻擊上。

（──伸長吧。）

我在心中如此默念。

下個瞬間──被超高速的金箍棒帶有的動能直接命中的豬八戒頭部，就像被砸爛的番茄般形影無存了。

同時，牠凝聚到一半的魔力團塊朝著別的方向飛去。

我感受到自己無論魔力或身體能力都大幅強化，這也證明豬八戒確實被擊敗了。

畢竟像這樣的成長是討伐成功之後才會有的感覺。

這下暫時可以放心了。

我這麼判斷，並降落到地面。

……好啦，接下來該怎麼辦？

中了『恐怖經典』的人全部都口吐白沫昏過去了。

照這狀況應該暫時都無法動彈吧。

要我把所有人搬回鎮上是很不切實際的想法，但又不能離開現場去找人求救。

畢竟要是我去求救的這段時間有其他魔物跑來攻擊這些人，就本末倒置啦。

正當我感到傷腦筋的時候，剛好有一名男子朝這裡走過來了。

「你沒事吧？我剛才感覺到從這地方傳來不好的預感，所以來看看狀況的。」

……原來如此。我才想說他怎麼會來得這麼巧，原來是這麼一回事。

他是感受到『恐怖經典』的餘波，於是趕來現場看看的吧。

「我還好。只是……其他人因為恐懼而昏過去了，請問你可以幫忙我一起把他們搬到安全的地方去嗎？」

「當然沒問題。話說，到底是發生什麼事情會變成這種狀況？」

男子如此說著，把眼睛看向豬八戒。

下一瞬間，他拿在手中的提袋掉落到地上。

「歐克……不，好像不對。也就是說，難道是豬八戒？」

「我想應該沒錯。畢竟牠像這樣使用了豬八戒特有的、讓人昏過去的威嚇招式。」

「沒想到居然會出現這樣的傢伙……」

男子說著，嘆了一口氣。

接著我們陷入幾秒鐘的沉默。而打破這片沉默的，是男子提出的問題。

「……嗯？等等喔。難不成是你打倒了這傢伙？」

他交互看向我和豬八戒，露出感到難以置信的表情。

「呃～那個……因為我手上剛好有能夠打倒豬八戒的武器。」

我稍微含糊了回答的內容。

金箍棒對於一個小孩子來說是有點強過頭的武器。

雖然這次當成防身道具派上了用場，但很多人覺得小孩子不應該擁有金箍棒這種東西也是事實。

考慮到這點，我想還是不要把具體的武器名稱告訴對方會比較好。

……嗯，轉移話題吧。

畢竟現在可不是談論怎麼討伐豬八戒的時候。

「倒在這裡的人之中，也有領主大人的公子普林杰。因此我想應該要暫時先把他們都搬到領主大人的宅邸。」

我如此提議。

由於領主大人的宅邸也是距離這裡最近的建築物，因此我這樣的判斷應該有道理才對。

「說得也是。那我們分工合作把他們搬過去吧。」

男子立刻表示贊成。

……得救啦。

看來我不用被追問豬八戒的討伐方法了。

普林杰一行人包括我在內有四個人，換言之『恐怖經典』的犧牲者有三人。

男子扛起普林杰與另外一個人，剩下的一個人則是由我攙扶。

如果可以用筋斗雲搬送就快得多了……但那玩意除了討伐孫悟空的人及其從魔與搭檔以外的人，如果坐上去就會穿透而掉下去啊。

所以去想那種辦不到的事情也沒有意義。

我們就這樣走了大約十分鐘，前方漸漸看到領主大人的宅邸。

……還剩一小段路了。

正當我這麼想的時候……

「咳咳、吁……吁……吁……」

一旁忽然傳來抽噎似的喘息聲。

我轉頭一看，發現在喘氣的是普林杰，而且他的手和耳垂都有點發青。

這下不太妙……

就在我這麼想的同時，抱著普林杰的男子不知為何開始加快腳步了。

「請等一下……先暫時把普林杰放下來吧。」

我如此提議。

然而男子給我的回應卻是教人感到難以置信的內容：

「你在說什麼？普林杰已經活不久了。要是不快點把他送到領主大人的地方，可就沒辦法讓他見親人最後一面囉？」

我不禁懷疑男子是不是傻了。

……意思是說他把「普林杰會死」當成前提在思考事情嗎？

「『已經活不久了』？我才想問你在說什麼呢。現在比起讓他趕上最後一面，更應該先努力讓他救回一命才對吧！」

聽到我的反駁……男子沉默幾秒後，靜靜說道：

「你以為已經變成這種狀態的普林杰還有辦法救回來嗎？那種事情怎麼想都只是小鬼頭任性天真的理想論啊。」

看來這下要說服起來會很花時間的樣子。

我雖然這麼想，但男子卻接著又說道：

「……我是很想這麼說，但畢竟你已經辦到了單獨一個人擊敗豬八戒的奇蹟，所以我就相信你一次吧。」

第3話◆使用生活魔法卻被人感到驚訝了

男人把普林杰小心翼翼地放到地面上。

我接著把手指放到普林杰的頸部。

……沒有脈搏。

看來真的發生了我所預料的事情。

總之現在的狀況是分秒必爭。

普林杰那像是在抽噎的呼吸——也稱作瀕死呼吸——越來越嚴重，耳垂和指尖的發青也越來越明顯。

我想這症狀判定為心臟衰竭應該不會錯。

雖然因為恐怖導致心臟衰竭是很稀有的事情……但如果人生過得嬌生慣養的人第一次感受到的恐懼就是『恐怖經典』，會發生那種程度的神經傳導物質失控現象也並不奇怪。

首先要對他施行心臟按摩才行……我是很想這麼做，然而一個沒受過訓練的八歲小孩的體重與臂力，並沒有辦法施予對於心臟衰竭有效的壓迫力道。

雖然這樣有點不符合正規步驟，不過這次從一開始就直接用魔法吧。

我如此決定後，開始詠唱。

「生於吾之魔力的庫侖力啊……矯正汝之心臟的顫動吧！」

詠唱的同時，我將雙手壓在普林杰的左胸。

緊接著，一陣高電壓施加在普林杰的胸口，讓他全身彈跳起來。

我使用的，是「心跳再起魔法」。

將一套週期性的電力信號送入目標對象體內，發揮與去顫或心臟按摩同等的效果。是一種醫療用的生活魔法。

由於這終究不算治療魔法而只是生活魔法的程度，所以即便是八歲兒童的馴魔師也能夠輕易發動。

「吁……………呼～呼～」

普林杰的瀕死呼吸症狀似乎也穩定下來，轉為平靜的呼吸聲。

我本來還擔心如果施法一次的效果不夠，搞不好我會先耗盡魔力……但現在看來是我白擔心一場了。

總之，這下他應該能夠痊癒吧。

「這樣就沒問題了。那麼我們就繼續往領主大人的宅邸出發吧。」

我對男人這麼說道。

然而……對方卻沒有回應。

我感到奇怪而轉頭一看，發現那男人睜大著眼睛站在那裡。

「馴、馴、馴、馴魔師居然用了治療魔法——！」

男人戰戰兢兢地走近普林杰，目不轉睛地看著那平靜的表情。

「呃不，剛才那並不是治療魔法，只是醫療用的生活魔法喔。」

「我可沒聽過什麼可以把快死的人救回來的生活魔法……」

男人臉上依舊帶著困惑的表情。

真奇怪。

去顫魔法這種程度的東西，應該是兒童安全講習上就會教的內容才對。

……不，等等喔？

這麼說來，我轉世後的記憶中好像不記得有去上過什麼兒童安全講習的樣子？

我起先還以為是義務教育輸給了這男人……但搞不好其實是我投胎到了一個教育相當不普及的地區。

「話說你剛才那是什麼？詠唱魔法嗎？你明明知道那種誰都不曉得的生活魔法，行使魔法的方式倒是挺落後的……」

「如果是威力過大反而會造成不良影響的魔法，我覺得使用威力不受魔法熟練度影響的詠唱魔法比較合適吧。」

「……原來如此！還有這種思考角度啊。你小小年紀腦袋就那麼靈活……簡直不只是天才而已了。」

男人如此說著，不斷點頭。

……居然連這種程度的常識都沒普及啊。

萬一發生像是「身經百戰的大英雄想要幫小孩子做治療，卻一個不小心把小孩的五臟六腑全都燒掉」之類的狀況可就一點都不好玩了。這種事情應該馬上就能想到吧？

「……總之，我們快點到領主大人的地方去吧。要是繼續看著你，總覺得我要向領主大人報告的事情會越來越多啦。」

男人如此催促起來。

畢竟就算解決了一項大問題，現在還是必須快點讓受到『恐怖經典』影響而虛弱的大家休息才行。

看著男人再度抱起兩人，於是我也攙扶起剩下的一個人，重新出發了。

◇

抵達領主大人的宅邸後，男人向領主大人說明狀況，將昏倒的三個人送到宅邸的一處房間。

後來，我、男人與領主大人來到會客室談話。

「這次真的很感謝你拯救了我兒子。聽說你討伐了豬八戒，是真的嗎？」

領主大人對我如此詢問。

這位領主——卡梅爾大人和兒子普林杰不同，個性溫厚，是個不會歧視馴魔師的聰明人。

「是的，卡梅爾大人。雖說是豬八戒但由於還只是幼體，因此就算是我也有辦法對付了。」

「就算是幼體也一樣是豬八戒，總覺得這並不成理由啊……不過總之，真的謝謝你。另外據說你用聽都沒聽過的魔法讓我兒子死而復生了是嗎？那究竟是什麼樣的魔法？」

「那並不是死而復生。只是讓心臟的痙攣現象恢復正常的生活魔法而已。」

「雖然他本人就像這樣一直主張自己做的事沒什麼大不了……但我認為瓦里烏斯

的才華應該是能夠以首席成績考進精銳學院的等級。請問卡梅爾大人怎麼看？」

男人如此說著，插入我和卡梅爾大人的對話。

精銳學院……怎麼好像冒出一個聽起來很厲害的名稱了？

「我也是那麼認為……只要瓦里烏斯不是馴魔師，我一定會幫他寫推薦函的說……不，還是說應該趁這個機會嘗試提升馴魔師的地位？」

領主大人說著，苦惱起來。

……奇怪，感覺不太對勁。

總覺得這段話聽起來，好像意思說如果是馴魔師就很難進入學院的樣子？

普林杰就算了，我沒想到連領主卡梅爾大人都會講那種話。

試著問問看吧。

「請問如果是馴魔師會有什麼問題嗎？」

「雖然我個人是不覺得有問題啦……但社會上的風氣就不一樣了。講明白點，馴魔師受到的待遇很差。要是我推薦你，搞不好連我都會成為受人嘲笑的對象。」

「是這樣嗎？」

……看來我現在所處的世界比我想像的還要奇怪好幾倍的樣子。

就在我這麼想的時候，這次換成身為冒險者的男人提出另一件事：

「這麼說來，你說當時你手上剛好有能夠打倒豬八戒的武器。關於這點可以詳細說明一下嗎？」

我不禁在內心咂了一下舌頭。

……居然要跟我重提那件事情啊。

「說得對，我也正好想聽聽看這件事情。」

現在連卡梅爾大人都加入了這個話題，要是我隨便搪塞過去感覺不是好事。

如此判斷的我，不得已之下只好老實招供。

「……我是用金箍棒打倒豬八戒的。」

「「……金箍棒？」」

「是的……雖然兩位好像很期待什麼，但其實我只是利用強大的武器擊敗對手罷了。實在很對不起。」

我姑且向兩人如此道歉。

然而他們的反應卻跟我想像的不太一樣。

「看，果然是聽都沒聽過的武器呢。」

「說得沒錯。要不是有擊敗過豬八戒的成果，那名字甚至讓人聽起來很難察覺居然是武器啊……這下越來越搞不懂了。」

……這反應同樣很奇怪。

金箍棒應該不是知名度那麼低的武器才對吧？

「啊，不過我平常並沒有一直在使用這東西喔？只是當成防身道具帶在身上而已……」

我姑且這麼補充說明。

畢竟要是被他們認為我是個被父母寵過頭的小孩也不太好。雖然說我的狀況其實是靠自己（前世）的實力得到這武器，但領主大人他們也不可能知道這點嘛。

「……為什麼？既然是那麼強大的武器，就盡量拿出來使用，盡量打倒強大的魔物不就好了？……哎呀，雖然說萬一因此不小心喪命就本末倒置了。」

「卡梅爾大人說得沒錯。難得你有這樣一個戰鬥起來不輸給其他職業的武器不是嗎？就算需要顧慮到安全上的問題，我也覺得你應該盡量多多使用。」

「……是這樣嗎？呃，既然兩位都說我可以盡量使用不需客氣，那我就拿來用了。」

看來是我擔心過度了。

雖然對於馴魔師的待遇上依然有讓我難以釋懷的部分……不過既然說打倒魔物掉的寶可以盡量使用不需客氣，倒是一件好事。

……照這樣看來，我把筋斗雲拿出來使用應該也沒什麼問題的樣子。

「那麼，在房間休息的三位就麻煩您照料了。請問我可以準備告辭嗎？」

畢竟也沒有繼續久留在這裡的理由，於是我決定要回家了。

「哦哦，說得也是。雖然我還想稍微再問些事情，但你應該也累了。今天就先回去吧。」

聽到領主大人這麼說，於是我走出宅邸，結果那兩人也出來為我送行。

「那麼，再會！」

我從收納魔法中拿出筋斗雲，坐到上面飛走了。

◇　◇　◇【ｓｉｄｅ：領主與冒險者】

「……啥？居然飛到天上回去了？」

「是啊，坐著看都沒看過的魔道具……不，甚至是不是魔道具都不清楚的玩意飛走了。那種東西，就算在傳說中也沒聽過啊。」

「又看到了瓦里烏斯神祕的一面啦。」

「沒錯。」

「這下看來……還是不要拘泥於什麼職業適性，我應該認真考慮將他推薦到精銳學院或許比較好吧。」

第4話◆餵誘餌吃會比較快喔？

新的身體取回前世記憶後過了一個禮拜左右。

今天我預定要去參加隔壁鎮上舉辦的馴魔師講習會。

說到參加的原由，是因為三天前領主卡梅爾大人來到我家致謝的時候，告訴了我關於那個講習會的事情。

老實講，既然我有前世的記憶，在那場講習會中應該幾乎學不到什麼新東西吧。

即便如此，我這次還是決定去參加看看。

因為馴魔師在社會上受到的待遇實在太過異常，而我想說去看看講習會或許可以得到一些蛛絲馬跡，了解事情會變成這樣的原因。

線索就藏在馴魔師的教育現場之中。我這樣的預測應該還算正確吧。

「媽，那我出門囉。」

「路上小心喔。」

我在玄關把母親給我的便當收進收納魔法，並從中拿出筋斗雲跳了上去。

◇

「一……二……三……………………十四……十五。這次有十五個人參加呢。那麼同學們，我們出發吧～！」

這裡是馴魔師講習會的集合地點。

本次擔任講師的中年男子，就像小學老師對待學生一樣朝氣蓬勃地說道。

畢竟出席者包括我在內大致都是十歲上下，所以這樣的講話方式應該是考慮到我們的年齡層吧。

他的頭髮是黑色——換言之，就是馴魔師。

即使是初次見面的人，只要看髮色就能立刻知道對方的職業。

黑髮是馴魔師，銀髮是聖騎士，粉紅頭髮是治癒師……像這樣，各種職業與生俱來就決定了頭髮的顏色。

雖然也有所謂的染髮魔法，因此無法一概而論。但從事戰鬥或教育相關工作的人為了能讓自己的立場清楚明白，一般是不會染髮的。

因此斷定那位講師是馴魔師應該不會錯。

這次講習會的集合地點是森林的入口前。

據說接下來要進入森林，找到魔物，以實踐的方式教學。
上午是由講師示範，所以就讓我看看他的本事吧。
一行人在森林中走了十分鐘左右，有一隻魔物出現在我們眼前。
是獨角兔。
「老師～你總不會要馴服這種東西吧～？」
「找個更強的魔物馴服給我們看看嘛～」
看到那隻獨角兔，除了我以外的出席學生開始講起這些任性的話來。
……確實啦，獨角兔就算是覺醒進化後的戰鬥力，也頂多只有跟覺醒前的巫妖同等程度，因此沒什麼馴服的意義。
但現在終究只是「示範教學」而已，這種程度也足夠了吧？
就在我想著這些事情的時候，講師已經把獨角兔一擊秒殺掉了。
……哎呀，保持小孩子們的學習意願也是很重要的事情，所以或許這樣也好啦。
「那麼我們在這裡稍微等一下喔～」
講師說著，把獨角兔的肉片撒到四周。
也就是利用誘餌引誘其他魔物的作戰策略嗎？
雖然我覺得要撒就撒敲碎的魔獸脆片應該效果比較好……但也許是為了削減預算之類不方便明講的理由吧。

就這樣，我們等了大約三十分鐘。

另一隻魔物現身了。

是叫金剛猿的一種猴型魔物。

「那麼接下來老師會馴服這隻金剛猿，同學們要好好看清楚喔～」

講師說著，拔出一把劍。

……嗯？他用劍要做什麼？

就在我感到疑惑的時候……不知道為什麼，他竟然拿劍開始攻擊金剛猿了。

這傢伙真的到底在做什麼啊？

感覺又不像是要把第二隻魔物也殺來當成誘餌……更何況他自己剛才就有明講「會馴服這隻金剛猿」了。

另外，我對這位講師的攻擊方式也感到奇怪。

從劍路看起來，這男人的實力應該只要攻擊四～五次就能殺死這隻金剛猿了。

可是他和金剛猿的戰鬥卻遲遲沒有要了結的跡象。

……這場戰鬥中究竟有什麼需要苦戰的要素？

正當我納悶的時候……金剛猿的動作變得稍微遲緩，結果講師立刻發動一招魔法。

是從魔契約的魔法。

金剛猿雖然中招——可是幾秒後卻彈開了那招魔法。

哎呀，我想也是。

魔物怎麼可能會親近攻擊自己的人嘛。

講師又再度拿劍開始攻擊金剛猿。

而且這次還另外發動了好幾發攻擊魔法。

就這樣，等到金剛猿已經遍體鱗傷的時候……

大概是為了保險起見，講師又追加了一記從魔契約魔法。

這次魔法就成功，讓金剛猿成為了講師的從魔。

「……看清楚了嗎？這就是馴服魔物的方法。訣竅在於『隨時保持比魔物稍微優勢的立場，讓對方明白兩者之間的等級差距』。然後等看到對方屈服的時候，放出契約魔法喔。」

「「「「好～！」」」」

聽到講師的這段說明，出席學生們毫不存疑地回應。

……狀況比我原本想像的還要糟糕好幾十倍啊。

該怎麼說呢……那與其說是馴服魔物，根本只是在虐待魔物嘛。

再說，如果用剛才講師示範的那種讓魔物屈服的方法，並沒有辦法使魔物在本質上親近自己，所以覺醒進化幾乎不會成功的。

畢竟馴魔師與從魔之間的羈絆，也是覺醒進化的條件之一啊。

雖然我很想在這裡主張說「那種做法是錯的！」……但一個八歲兒童的意見，大概只會被認為是感受性稍微比較豐富的人提出的理想論而遭到否定吧。

反正從下午開始是學生們透過實踐形式馴服魔物的時間。

我就用我的做法……利用魔物們愛吃的魔獸脆片馴服魔物。

至於說服大人，就等得出結果之後再說吧。

第5話◆與甲蟲帝魔的邂逅

在講師的指示下，學生們散開行動後，我從收納魔法拿出筋斗雲坐了上去。

要是讓小孩子們看到筋斗雲，應該會被吵說什麼「啊，那樣不公平～」或是「我也想坐～！」之類的，變得很麻煩。不過現在他們都已經離開，我也沒必要徒步行動了。

另外還有一點，我想要先到高處觀察一下整片森林的樣子。

畢竟從地形之類的特徵上，或許可以看出什麼地方比較可能會有好的魔物。

我提升高度，環視整片森林。

結果……何止是「比較可能」而已，我發現了一處「根本只有這裡了吧」的地點，清楚確定了自己的目的地。

因為從上空光看一眼就能看到一棵特別巨大的樹木——也就是所謂的千年樹。

千年樹上非常有可能棲息著覺醒進化之後戰鬥能力會飛躍性增加的魔物。

基於這樣的原因，千年樹自古以來都被稱為「馴魔師的寶庫」。

前世由於馴魔師濫捕魔物的行為相當嚴重，因此要剛好在有優質魔物的時機到訪千年樹的機會非常少……不過這地區的馴魔師既然是那種德行，這棵千年樹上還有優質魔物的可能性應該很高。

馬上去看看吧。

於是我從空中一直線飛向千年樹，並發動探測魔法。

……有啦。

我找到了原本預期目標之中的一種魔物。

接著，我從收納魔法中拿出金箍棒。

這絕不是為了要跟那位講師犯同樣的錯誤。

只是若想獲得棲息於千年樹的魔物，首先必須從千年樹上把魔物抖下來才行。

前世的我只要雙手抓住千年樹用力搖一搖就可以了，但現在的我在體能上辦不到這點。

因此我才會打算靠金箍棒的力量。

話雖如此，要是我用金箍棒全力戳千年樹，會讓千年樹當場連根倒下。

千年樹只要保留下來，就很可能再度有其他適合馴服的魔物棲息其中，一次就讓它倒下枯死也太浪費了。

因此在搖樹的方法上必須下點功夫才行。

我透過解析魔法得到千年樹的質量與形狀等等資料，拿樹枝在地面上書寫算式。

「……嗯，知道頻率了。」

計算出答案的我如此呢喃後，架起金箍棒。

接著用稍快的速度反覆伸縮金箍棒，以固定的頻率一點一點地戳起千年樹。

結果……剛開始還不為所動的千年樹逐漸開始搖晃，到最後「沙沙沙」地劇烈晃動起來。

我利用的是一種叫「固有震動」的物理現象。

各種物體根據其質量與形狀都有一個「固有頻率」，以特定的頻率連續施力就能產生大幅的震動。

由於這是將力量分成好幾次施加在樹木上，因此只要每次將施力點稍微移動一些，就不會對樹木的特定一個點造成巨大的傷害。

這可說是對千年樹很溫和的搖盪方式。

沒多久後，一隻體長足足有一公尺半的巨大昆蟲魔物，從樹上掉落下來現身了。

是高卡薩斯大鍬形蟲。

這魔物由於其凶暴的戰鬥能力而有「甲蟲帝魔」稱號，可謂甲蟲類中最強的存在。

雖然不至於到覺醒進化之前就比豬八戒還強的程度……但如果那個講師要跟高卡

薩斯交手，肯定會直接被秒殺吧。

『你就是妨礙我睡眠的無禮之徒嗎？』

而且高卡薩斯大鍬形蟲的智力也很高，像這樣還沒成為從魔之前就能夠透過精神感應對話。

『哦哦，關於這點我很抱歉。不過……我這次來是想要給你好東西。這玩意可是好到即使當成賠罪都甚至有剩的程度。所以你能不能先收下這東西看看？』

『……？哎呀，也罷。但——如果那東西根本沒有你講的那麼好，我就殺了你。』

看來話可以講得通，於是我從收納魔法中拿出魔獸脆片，餵給高卡薩斯大鍬形蟲。結果——

『……怎麼會有這麼美味的東西！喂，人類，你還有沒有？』

『……如果我給你，你是不是就不會殺掉我了？』

『那當然。會給我這種美食的人，我怎麼可能殺掉。如果你會定期給我，甚至要我當你的從魔都可以。』

……哦？

居然一下子就得到口頭承諾了。

不過這絕不是代表這隻高卡薩斯太好騙的意思。

只是魔獸脆片能夠讓魔物覺得美味到甚至把本能都從根基徹底改寫的程度而已。

『那麼就再追加這些給你吧。』

我從收納魔法中又拿出了更多的魔獸脆片。

收納魔法中的魔獸脆片庫存有限，因此這可說是相當大的一筆開銷。不過在從魔契約時這就像是必要經費一樣的東西，所以也是沒辦法的事情。

『哦？你願意給我這麼多啊……嗯～實在美味。』

高卡薩斯大快朵頤著魔獸脆片。

追加提供的分量也在轉眼間就被牠吃光了。

我接著切入正題。

『……剛才你說如果我會定期給你吃這東西，要你當我的從魔也可以對吧？』

『……是啊。』

『老實說，剛才那食物——魔獸脆片的庫存其實並沒有那麼多，因此頂多只能一個月給你一次。至於平常，我會給你吃味道跟這個一樣的果凍……這樣可以接受嗎？』

『既然沒有庫存，那也無可奈何。好，我就接受你的條件。』

聽到高卡薩斯的回應，我不禁鬆了一口氣。

魔獸果凍跟魔獸脆片不一樣，製作起來比較簡單。

因此在這點上有沒有事先確認好對方的意思，將會大大影響到今後飼料準備方面的負擔。

『那麼，我要發動契約魔法囉。』

我用精神感應如此宣告後，放出從魔契約魔法。

高卡薩斯也毫不抵抗地接受，讓契約魔法立刻成功了。

『從今後多多關照囉。』

『彼此彼此。』

……沒想到我可以這麼快就遇到如此適合當成從魔的理想魔物呢。

這樣教人開心的邂逅，甚至讓我原本因為內容糟糕的講習會而產生的不悅心情全部煙消雲散了。

好啦，回去集合地點吧。

◇

「你、你、你、你這是帶了什麼東西回來啊！」

我一回到集合地點，講師就立刻指著我如此大叫，一屁股癱坐到地上。

「嗚喔喔！雖然搞不清楚是啥，但他帶回來的傢伙超帥氣的！」

「頭上那個角好帥！」

「居然能夠抓到那種東西，就算不派去戰鬥，光拿來欣賞就很夠啦……」

「這麼有魄力的魔物……看得我都興奮起來了！」

應該不曉得高卡薩斯是什麼魔物的小孩子們各個露出閃亮亮的眼神，你一言我一語地如此說著。

……確實，高卡薩斯光是外觀條件上也很優秀。

雖然說「光拿來欣賞就足夠」是太誇張了啦。

「居、居然馴服了那種傳說中的甲蟲……？我該不會是在做……什麼惡夢……吧……」

「「「老師——！」」」

……真的假的？

那講師竟然因為覺得高卡薩斯太有衝擊性而昏過去了。

事情變成這樣，根本不是向他們說明正確馴服方法的狀況啦。

總之，這次至少讓我知道了馴魔師的教育狀況是如此悽慘，姑且算有所收穫。至於改善教育的課題，我今後再慢慢思考吧。

第6話◆覺醒進化

馴魔師講習會的隔天。

我決定今天不做其他事情，專心與高卡薩斯透過精神感應好好溝通交流。

高卡薩斯是我轉世後第一隻馴服的從魔。

現在最重要的，是彼此加深理解，互通心意。

『是說，高卡薩斯……我保險起見問一下，你在那棵千年樹有留下什麼未了的遺憾嗎？』

『未了的遺憾……也不是沒有啦。』

被馴服後的魔物所面臨的環境，會變得與原本生活在大自然時完全不同。

仔細問出從魔對於自己原本生活的地方有什麼留戀，並且盡可能協助消解，是尤其重要的一件事情。

『可以詳細告訴我嗎？』

『好。我其實……原本希望在離開森林之前，能夠和海克力斯那傢伙徹底分出個勝負。』

『海克力斯啊。這確實很像你會講的話呢。』

所謂的海克力斯，是一種叫海克力斯魔兜蟲的魔物。和高卡薩斯同樣屬於甲蟲類的魔物，是其中戰鬥能力唯一足以和高卡薩斯匹敵的存在。

順道一提，從探測魔法的反應可以知道，那片森林中也有海克力斯棲息過。只是以覺醒進化後的能力來看，高卡薩斯會比海克力斯來得強，所以我才選擇把高卡薩斯帶回來了。

『我和海克力斯那傢伙過去曾經為了千年樹大打過一場。但是在那場戰鬥中我們的實力旗鼓相當，最後沒能分出勝負。後來我和海克力斯就說好每個月輪流棲息在千年樹了。』

『原來如此。』

然後我剛好在高卡薩斯棲息的時期到訪了千年樹的意思嗎？

『哎呀，畢竟我和海克力斯那傢伙已經有點像和解的狀態了。就算以後繼續住在那裡，也不曉得是否真的能做出了結。不過……我心中確實有個心願，希望總有一天能夠和牠分出個勝負。』

『哦哦～』

該怎麼說呢，這實在是很有甲蟲特色的一段故事。

……嗯？

等等喔？這會不會是建議覺醒進化的好機會？

『高卡薩斯，我問你一件事……如果有方法可以讓你獲得遠遠凌駕於海克力斯之上的力量，你會想要獲得那個力量嗎？』

『……呵！別逗我了。我最不想遇到的事情就是空期待一場到最後失望沮喪。就算是瓦里烏斯，也不可能擁有那樣的力量吧？』

原來如此。

「不想失望沮喪」是吧。

換句話說……也就是「如果那是真的，那我希望得到那個力量」的意思。

哎呀，光靠嘴巴講得再多，要對方「相信我吧」也有點勉強。

我就一邊從收納魔法中拿出進化素材，一邊說服牠好了。

於是我從收納魔法拿出六個橢圓形的物體，排列在眼前。

那些物體的中心部分各自描繪有齒輪或是彈簧之類的圖案，顯示它們一個個都是不同種類的東西。

這些就是所謂的覺醒進化素材。是我前世的時候為了預防萬一而隨時帶在身上的東西。

雖然說是預防萬一……但我也萬萬沒有想到會有一天，以這樣的形式派上用場就是了。

『瓦里烏斯？那是什麼？你總不會跟我說那就是能夠授予力量的道具吧？』

『就是那樣沒錯。』

我把從收納魔法拿出來的進化素材排列好後，重新看向高卡薩斯。

『你仔細聽我說。我接下來要使用排列在這裡的進化素材讓你覺醒進化。』

『覺醒……進化？』

『沒錯。經由這個魔法，你將可以獲得強大力量，甚至到過去的好對手海克力斯都會變得不值一提的程度。然而如果想要成功，你必須和我同心一意，相信這個魔法才行。』

『……嗯～』

『你被我吵醒的時候，不是說你從來沒想過會吃到那麼美味的東西嗎？……只要再一次，再一次就好。相信會有奇蹟吧。』

『……哎呀……既然你都說到這樣了。僅此一次喔？』

『謝謝。』

……這下準備工作都完成了。

『那就拜託你移動到這裡來。』

我讓高卡薩斯來到擺在地面上的六個覺醒進化素材的中心部分。

接下來……只要施展魔法就可以了。

「麒麟啊……願汝賦予力量的祝福！」

我說出這樣一句詠唱咒語。

這是拜託能夠賦予從魔恩惠、類似神的存在——麒麟幫忙覺醒進化的咒文。

所謂的覺醒進化，就是藉由麒麟的力量將六種素材融入從魔體內，使從魔強化的魔法。

六種覺醒進化素材綻放出耀眼的光芒，緊接著光芒便覆蓋了高卡薩斯。

那道光依循紅、橙、黃、綠、藍、靛、紫的順序變化七種顏色……等到光芒收斂後，原本應該放在地上的覺醒進化素材都消失無蹤。

——覺醒進化成功了！

『如何，高卡薩斯？有感覺到新的力量嗎？』

我壓抑著興奮的情緒如此詢問。

『……這、這、這滾滾湧出的力量是怎麼回事！現在別說是海克力斯了，感覺不管有什麼強敵現身我都不會輸啊啊啊啊啊啊！』

興奮過頭的高卡薩斯說著，大聲振動翅膀到處飛來飛去。

太好啦。看來牠很滿意的樣子。

畢竟能夠獲得這種有如異次元的力量，不可能會不感到滿意吧。

『瓦里烏斯，我現在就想去試試看這個力量。我稍微去打個獵，你就抱著期待等我回來吧啊啊啊！』

……啊。

高卡薩斯不知飛到什麼地方去了。

我本來預定今天要好好跟牠交流一番地說。

但現在反正出乎預料地這麼快就讓牠覺醒進化了，這樣也好。

雖然我也可以用筋斗雲追上去啦，不過……嗯，那樣做未免太不識趣了。

既然牠都說要我抱著期待等牠回來，那我就聽牠的話吧。

◇

到了這天傍晚。

我巴不得想要立刻追問高卡薩斯，牠究竟是去獵到了什麼東西。

之所以會這麼想，是因為白天時我感受到有一股強得驚人的力量流入我體內。

那絕對是高卡薩斯討伐了什麼魔物而獲得的成長值，流入了身為主人的我體內沒錯。

既然我會感受到這麼大幅的成長，就意味著高卡薩斯肯定是獵了什麼不得了的傢伙。

一段時間後，我總算看見高卡薩斯回來了。

同時……我看到牠用角夾住的東西，只能當場傻眼。

……喂，高卡薩斯。

誰叫你第一個就去獵什麼雙足飛龍回來啦？

這下看來真的必須跟牠在各種事情上好好溝通溝通才行了。

第7話◆召喚麒麟

讓高卡薩斯覺醒進化後過了一個禮拜。

那天以來，高卡薩斯天天都會幹勁十足地出門打獵，然後帶回大量的戰利品。

多虧如此，讓我收納魔法中的東西急遽增加了。

由於我的收納魔法是能夠連接前世與今生雙方收納空間的大容量規格，才勉強塞下了這些東西……如果我不是轉世者，應該差不多要感到收納空間不足了吧。

相較於過得如此自由奔放的高卡薩斯，我則是在辛勤製作魔獸果凍的材料。

這一個禮拜我都忙於收集明膠，每天反覆著從雙足飛龍的屍體提煉明膠的作業……到今天終於累積了相當的分量，因此我想差不多要開始進入製作果凍的正式步驟了。

首先，我從收納魔法中把包含雙足飛龍沒用在提煉明膠的部分在內，高卡薩斯這一個禮拜狩獵回來的魔物全部都拿出來。

接著，我開始詠唱咒文：

「麒麟啊，現身我眼前……做一場互惠互利的交易吧。」

結果……從半空中的一個點放出耀眼的光芒，擁有龍頭、牛尾、馬蹄的鹿型幻影——也就是麒麟現身了。

『汝所求之物，是覺醒進化素材，還是增味劑？』

麒麟的聲音直接在我腦中響起。

召喚麒麟能夠做的交易有兩種，分別是以魔物的屍體交換增味劑或是覺醒進化素材。

至於要交換哪一邊，則決定於對這個腦內聲音的回答。

順道一提，如果是想交換增味劑，任何魔物都可以當成供品。但如果是想交換覺醒進化素材，就必須準備特定的魔物了。

我這次召喚牠是為了收集魔獸果凍的原料，因此答案很清楚。

「是增味劑。」

『這樣。那麼……將汝準備的供品交出來。』

麒麟如此說道後，一塊空間頓時扭曲。

我只要把供品……也就是魔物的屍體丟進那裡就行了。

於是我將剛才從收納魔法中拿出來的那些高卡薩斯的戰利品，一個一個扔進扭曲空間。

全部都丟進去後，我對麒麟打了個暗號。

『汝的供品，確實收到了……那麼，汝所期望的東西就放在這邊。告辭。』

麒麟的身影消失。

然後，牠原本在的地方出現了兩個瓶子。

我記得……藍色蓋子的是魔獸麩胺酸，紅色蓋子的是魔獸肌苷酸吧？

總之只要將這兩種增味劑混入魔物的食物中，就能完成讓魔物上癮的味道。

根據從魔的種類，有時候紅與藍的最佳比例會有所不同……但我印象中高卡薩斯大鍬形蟲應該是用最典型的5：5比率就可以了。

……好啦，這下必要的材料全部湊齊，就開始來製作果凍吧。

我將明膠與增味劑倒入熱水中，攪拌均勻後把火熄掉。

最後再施加冷卻魔法，使果凍凝固。

「……完成啦！」

把徹底凝固的完成品放進收納魔法後，我小小振臂歡呼。

這下高卡薩斯的飼料問題暫時解決。

接下來沒什麼事情要做的我，決定睡個午覺等高卡薩斯回來了。

◇

『瓦里烏斯！我今天有兩件消息要告訴你！』

高卡薩斯一回來就興奮地對我這麼表示。

雖然我也一樣有消息要告訴牠啦……不過總之先聽聽看牠的消息吧。

『什麼消息？』

『首先第一件消息。我在路邊撿到了這樣一本書喔！』

高卡薩斯把牠夾在角上的一本有點髒的書丟給我。

唉，真拿牠沒輒……我抱著無奈的心情接住那本書。

高卡薩斯出門不只會狩獵魔物而已，偶爾也會像這樣把掉在路上的東西撿回來……但十之八九都是廢棄物。

不過把牠給我的東西隨便處分感覺也對牠不太好意思，於是我姑且發動淨化魔法，確認看看那究竟是什麼書。

「第一志願，絕不妥協……？」

透過淨化魔法弄乾淨後，我看到書的封面寫著這樣的書名。

疑惑那究竟是什麼書的我接著翻開書頁。

然後……我明白了書本內容，臉上自然地露出笑容。

『高卡薩斯，謝謝你！這次真的是幫上大忙啦。』

高卡薩斯這次帶回來的這本叫《第一志願，絕不妥協》的書，原來是精銳學院入學考試的近十五年份考古題。

所謂的精銳學院，是現世這個國家中被認為入學最困難的魔術教育機關。

這是卡梅爾大人到我家來致謝時，跟我說「如果你有興趣，我會考慮看看幫你寫一封推薦函」並告訴我的事情。

而其實我自從去過馴魔師講習會的那天以來，就很想進去這間學院看看了。

因為我想要調查一下這個世界的馴魔師教育，究竟為什麼會變成這副德行。

只要到最高學府的精銳學院，應該就能找到一些線索吧。

基於這樣的想法，我有在考慮要進去精銳學院就讀。

然而有個問題就是，如果事先沒有任何對策，應該很難進入等級那麼高的學院。

因此我正在思考該怎麼準備這所學院的入學考試。

不過現在……有了這本書，我就能比較有效率地為考試做準備。

在這個問題上，這下應該可以說幾乎獲得解決了吧。

好，近日內要找個時間去向卡梅爾大人報告一聲才行，畢竟也要請他幫忙寫推薦函。

我這麼決定了。

……話說回來，高卡薩斯剛才是說「有兩件消息要告訴我」吧？

那麼另一件消息是什麼？

我如此疑惑並看向高卡薩斯……便看到牠的頭上停著一隻蒼蠅魔物。

我記得那應該是……

『另一件消息就是，我結交到搭檔啦！』

……果然！

正當我這麼想的時候，換成那隻蒼蠅魔物用精神感應向我打招呼了。

『嘿，我是蒼蠅王，也是高卡薩斯大哥的好兄弟……巴力西卜！今後多關照啦！』

『……哦、哦哦，我也請你多關照。』

……高卡薩斯這傢伙，居然和巴力西卜結交成搭檔了。

我是有聽說過甲蟲類的魔物，在極少數的狀況下會結交昆蟲類的魔物為搭檔……

但萬萬沒想到這事情會發生在自己的從魔身上。

話雖如此，不過我還是很歡迎巴力西卜加入成為我們的夥伴。

畢竟巴力西卜能夠讓交手的魔物陷入異常狀態，或是提升高卡薩斯的防禦力，因此可以擴展高卡薩斯活躍的場面。

根本沒有理由不歡迎牠加入我們啊。

『其實我也有個好消息。』

我對高卡薩斯牠們如此說道後，從收納魔法中拿出魔獸果凍。

『我今天做了這東西，完成的味道應該符合你們的口味才對。就順便當作是慶祝巴力西卜加入夥伴……你們儘管吃吧！』

首先是高卡薩斯毫不客氣地開始大快朵頤。

巴力西卜雖然一開始還用彷彿看到什麼奇怪東西的眼神看著魔獸果凍，不過見到高卡薩斯那樣子後，跟著吃了起來。

『這……這是！口感超棒的！』

『好厲害……高卡薩斯的主人居然會做什麼好吃的東西啊……』

看來評價相當好的樣子。

我對兩隻的反應感到滿足後，一邊回想起上輩子的備考生活，一邊翻開《第一志願，絕不妥協》讀了起來。

第8話◆假冒賢者的啟程前夜

從那之後，大約過了四年。

最初的三年左右，我每天過著乘坐筋斗雲跟隨高卡薩斯去狩獵的日子。

除了指導高卡薩斯魔法之外，為了測試我隨著牠一起成長的力量，有時候也會嘗試自己出手戰鬥。

當然，在出門路上我也不忘閱讀《第一志願，絕不妥協》。

最後一年則是為了對入學考試做最後衝刺，我基本上都關在自己家裡用功念書。

其實不只是自修學習而已，我本來也想去參加鎮上舉辦的考試對策講座……但那些講座幾乎都因為我是馴魔師就拒絕讓我參加了。

大部分講座開辦人的說法是：「反正馴魔師在技能測驗上一定會分數不足遭到淘汰，讓馴魔師參加講習只會讓及格率下降。」

雖然我認為這種講法實在不太能接受……不過同時也覺得包含這樣的狀況在內，必須想辦法改變才行。

然後到了精銳學院入學測驗前兩天的今天。

我為了拿推薦函並且問好，來到領主大人的宅邸。

「卡梅爾大人，精銳學院的入學考試真的沒有禁止靠染髮混淆自己的職業適性嗎？」

「說到底，我根本是第一次聽說居然有魔法能夠改變與生俱來的髮色。既然是沒有前例的魔法，我想精銳學院也無從禁止吧。」

和我如此交談後，領主大人接著走到另一個房間，留下我一個人在會客室。

——我現在的頭髮藉由褪色魔法變成了金色。

天生金髮的人在職業適性上是賢者，因此現在的我就外觀看起來是個賢者。

既然馴魔師的身分在入學考試時可能造成不利，只要靠染髮混淆自己的職業適性不就行了嗎？……我基於這樣的想法改變了自己的髮色。

剛開始先隱瞞自己是馴魔師的事情進入學院，等累積一定的成果之後再公開自己的職業。

這就是我的作戰計畫。

順道一提，之所以在各種職業之中挑選了賢者的理由有兩個。

第一個理由是因為賢者最好假扮。

說到底，所謂的職業適性是顯示一個人「使用哪個職業的專用魔法所消耗的魔力最少」的東西。

勇者只有在施展勇者專用的魔法時消耗的魔力較少，聖騎士只有在施展聖魔法時消耗的魔力較少……像這樣的感覺。

然而賢者的狀況就不太一樣了。

賢者的特徵是「能夠用相對較少的魔力，施展各種職業的專用魔法」。

當然其中也有例外，像馴魔師特有的覺醒進化魔法，即便是賢者也無法施展。

（不是消耗魔力較大，而是其他職業適性的人在根本上就無法使用。）

……基於這樣的前提之下，試著來想想看馴魔師的狀況。

身為馴魔師的我在使用馴魔師專用魔法以外的魔法時，會消耗大量的魔力。

然而馴魔師能夠將從魔的成長值當成自己的東西吸收，因此可以成長到本身的魔力存量非其他職業能夠比擬的程度。

如此引導出的結論就是：「馴魔師藉由其壓倒性的魔力量，能夠像賢者一樣使用全部職業的魔法。」

之所以假扮成賢者會比較自然，便是基於這樣的理由。

……至於另一個理由，相較起來就真的沒什麼大不了的。

因為從黑髮變成金髮只要將頭髮中的黑色素破壞掉就行了，不需要多一道「染色」的程序，所以比較輕鬆。

——哦？領主大人回來了。

他手上拿著一張紙。

「這就是給精銳學院的推薦函。你可要收好，別搞丟了。」

「謝謝您。」

我收下推薦函，小心翼翼地放進收納魔法。

精銳學院只有貴族或受到貴族推薦的人才能報考。

在這樣的意義上，這份推薦函可說是非常重要的東西。

……就在這時。

『瓦里烏斯，你不是說過要拿什麼東西給領主大人嗎？』

高卡薩斯——現在用牠拿手的變身魔法變成原本十分之一的大小，停在我肩膀上——用精神感應對我如此說道。

牠這麼提醒就讓我想起來了。

我確實有個東西打算要交給領主大人。

「卡梅爾大人……我記得精銳學院的報考費在規則上是由推薦的貴族出錢對吧？」

「是沒錯，那又如何？」

「那麼……就當作是補償報考費，請您收下這個吧。」

我從收納魔法中拿出蛇的魔物——耶夢加得的皮，交給領主大人。

這同樣也是高卡薩斯的戰利品之一。

雖然我不清楚精銳學院的報考費究竟要多少……但這個皮革似乎是高級品的樣子，希望足夠。

正當我這麼想的時候……領主大人張大嘴巴，目不轉睛地盯向皮革。

「充滿光澤的深綠色與壓倒性的細緻表面……這是耶夢加得的蛇皮嗎？這可是就算推薦了整整一個班級的人數，剩下的錢都還很多的高級品……你真的要給我？」

「呃……原來有那麼高級啊？不過我原本就是為此準備的……請您收下吧。」

看來耶夢加得的皮革擁有付了報考費都還有剩的價值。

哎呀，反正送人的東西高級一點也沒壞處，這樣也好吧。

好啦，既然要辦的事情都辦完，我也差不多該告辭了。

於是我向領主大人告別後，跳上了筋斗雲。

◇

這天晚上。

我為了做最終確認，拿起《第一志願，絕不妥協》。

由於這本書已經被我解了一百次以上，外觀看起來變得相當破舊。

雖然用魔法復原是很簡單的事情，不過總覺得這樣很有「證明自己用功念書過」的感覺，所以我就讓它保持這樣了。

我翻開那本舊書的最後一章。

這是〈把放棄問題改得更難〉的章節，刊登的是書籍作者原創的問題，將過去正確率極低的考古題又改得更難。

「……嗯，輕輕鬆鬆。」

這些不知要算好問題、壞問題還是怪問題的各種考題，我都能靠條件反射一一作答。

然後過不到幾分鐘，我便闔上了書本。

畢竟現在和前世不同，娛樂比較少，相對地比較能專心唸書。一本考古題反覆解了這麼多次，會變得這麼輕鬆也是當然的。

於是我抱著平靜的心情閉上眼睛，進入了夢鄉。

◇

隔天。

我起床看到屋外一片大雨……或者應該說根本是暴風雨了。

誇張的傾盆大雨，讓人甚至連短短幾公尺前方都看不清楚。

「瓦里烏斯……明天就是考試了吧？都是你說什麼只要前一天出發就可以……現在下起這麼大的雨，不是沒辦法去考試了嗎？你要怎麼辦？」

母親如此擔心地說著。

不過……其實那根本是白擔心一場。

「媽，不用擔心。天氣跟我沒關係的。」

我從收納魔法中拿出筋斗雲，坐到上面。

「那我出門囉。」

我用笑臉對爸媽這麼說道後……將魔力注入筋斗雲，展開天候不良時用的球形外殼。

第9話◆和高卡薩斯一起助人

『瓦里烏斯，天氣明明這麼差，真虧你可以飛得這樣毫不猶豫啊。』

『很簡單啊……記不記得大約三年前我和你一起做的這個東西？從這個針所指的方向就能推算出現在應該行進的方向啦。』

在完全不把外頭的大雨當一回事，氣溫、溼度都舒適宜人的筋斗雲保護罩中，我指著拿在左手的指南針如此回答高卡薩斯的疑惑。

真教人懷念呢。

我記得當時自己的魔力不足夠施展鍊金魔法，所以還請高卡薩斯跟巴力西卜把魔力分給我才製作出了細針跟金屬線圈。

然後為了讓細針磁化，必須把針放到金屬線圈中並且對線圈注入高壓電流……那時候我在施展的魔法上也下了一點功夫。

我是故意透過無詠唱的方式施展去顫魔法，利用過剩的魔力對線圈施加長時間的高壓電。

如果是現在的我，其實用勇者的雷電魔法就能輕鬆辦到那種事情……不過當時的我只能利用生活魔法加一點巧思，如今想起來真是有趣的回憶。

就在我如此回憶往事的時候，筋斗雲依然在空中高速飛行著。

只要沒什麼意外，應該三個小時左右就能抵達目的地……但這段時間什麼都不做也有點無聊。

於是我從收納魔法中拿出自製的人生遊戲（註1）與骰子。

『高卡薩斯、巴力西卜……要不要一起來玩人生遊戲？』

『哦？要玩那個嗎？好耶。』

『真沒轍。反正現在也閒著……就來陪瓦里烏斯玩玩吧。』

多虧這兩隻夠意思的蟲，看來我在路上不會無聊了。

◇

『吃雙足飛龍的肉食物中毒，回到起點……嗚啊～我受不了啦！這什麼爛遊戲！超級爛遊戲！』

註1　類似大富翁的桌上遊戲。

巴力西卜氣憤得扭動著身體。

……對不起嘛。

畢竟這不是市售的遊戲，是我自製的啊。

雖然在某些部分的遊戲平衡上做得有點奇怪……但也只能拜託你們多多包涵啦。

就這樣，當我們和樂融融地玩著遊戲的時候……我忽然注意到下方道路上的一輛馬車。

感到在意的我稍微減緩筋斗雲的速度，觀察那輛馬車。

『瓦里烏斯，你在看什麼？』

『哦哦……那輛馬車啊，是不是不能動啦？』

沒錯。

大概是不小心陷進了較深的水灘，馬車後輪有一半都埋在路面中，呈現無法動彈的狀態。

『……你說那個人類的交通工具？』

『對啊。你看，那是不是陷到水灘裡出不來啦？』

『確實……喂，巴力西卜，你幹什麼趁我們移開視線的時候偷偷動棋子？』

『……呃！被發現了。』

悠哉的巴力西卜似乎趁我和高卡薩斯都在看那輛馬車的時候想要作弊的樣子。

可是卻被高卡薩斯抓包，當場糾正了。

……那種事情現在先放到一邊，我想就去幫那馬車一個忙好了。

『高卡薩斯，你應該能夠把那輛馬車扛起來吧？』

『那當然。那種程度的玩意，用我的角就能輕鬆抬起來啦。』

『……那真是可靠。』

於是我降低高度，決定去幫助那輛馬車。

「嘿！」

我增加注入筋斗雲的魔力，加大天候保護罩的半徑，讓馬車跟車夫不會繼續淋雨。

接著就在高卡薩斯準備用角夾住馬車的時候……

「你們是什麼人！」

車夫拔劍朝我們走過來。

哎呀，我想也是。

畢竟從車夫的角度來看，這是「忽然有魔物從天而降，企圖抓住馬車」的狀況。

他會感到警戒也是難免的。

「啊，請不用擔心，那是我的從魔。我看到你們的馬車好像沒辦法動彈的樣子，所以就來幫個忙了。」

「從魔？你怎麼看都是個賢者吧。再說，我可沒聽過居然有馴魔師能夠馴服高卡薩斯大鍬形蟲。」

車夫似乎依然沒有要放鬆警戒的樣子。

啊，對了。這麼說來我現在染髮啦。

看來我這下是徹底自掘墳墓了。

……雖然我這麼想，不過……

「哎呀，有什麼關係呢？雖然確實是個來路不明的人物，不過他都說是來幫我們的忙了。反正照這樣下去我們似乎也無計可施的樣子……何不就相信他看看？」

從馬車中走下一名男子，如此安撫車夫的情緒。

接著，那名男子看向我和從魔們說道：

「嗯……高卡薩斯大鍬形蟲和巴力西卜、嗎？明明如此強大的魔物在身邊卻還保持得這麼冷靜，可見牠們真的是你的從魔吧。」

「哈哈哈，原來還有這樣的分析方式啊。」

「畢竟狀況實在太異常了，我只能得出這種結論啦。包括你乘坐的那朵奇怪的雲也是。」

男子說著，露出苦笑。

「這叫筋斗雲，是在天上飛的交通工具。」

「在天上飛……不，算了。我想我還是放棄理解比較好。」

……等等，現在可不是這樣東聊西扯的時候。

我們是來幫忙把馬車拉上來的。

「啊，我的高卡薩斯接下來會搬動馬車，所以請你們稍微退開一下。」

「……哦哦，抱歉。站在這裡會礙事吧。」

我確認男子移動到安全的地方之後，對高卡薩斯打了個手勢。

下個瞬間……高卡薩斯用牠引以為傲的三根角牢牢抓住馬車，輕輕鬆鬆就扛了起來。

牠接著在離了幾公尺的位置放下馬車……這次馬車無論前輪或後輪都沒有陷進路面中。

救援成功。

「我想這樣馬車應該又能走了。」

「……感激不盡。我能夠給你最多的謝禮只有這樣，真的很不好意思，但還是請你收下吧。」

男子說著，從馬車中拿出一枚金幣。

我是不覺得自己有做到那種程度的事情啦……不過對方可能是欠著人情會感到不太舒服的類型，所以我還是收下吧。

就在我們如此交談時，高卡薩斯回到筋斗雲上。
「那麼，我們就此告辭。」
「要走了嗎？希望有緣再相見。」
互相道別後，我讓筋斗雲提升高度。
畢竟現在下著這種大雨，如果我有時間，其實陪那男人一起到目的地也好的……
但我明天要參加考試啊。
這也是無可奈何的事情，我就重新出發吧。
「居然真的在天上……嗯，我果然還是放棄思考好了。」
那位男子好像呢喃了些什麼，但我沒有聽得很清楚。

◇

後來我一路上都沒遇到什麼狀況，順利抵達了精銳學院所在的城市。
這時候的雨勢也已經轉為讓人不太在意的小雨程度。
因為我肚子餓了，於是暫時下了筋斗雲進入一家店，享用稍遲的午餐。
用餐完畢後，我又坐上筋斗雲，來到精銳學院的校區上空。
畢竟說到考試，事先來看看考場也是很重要的。

我將建築物的形狀，可能會當成考試會場的教室及操場的位置都記到腦中。

一個小時左右我便大致掌握了這個校區的狀況，於是決定接下來去逛逛這座我第一次來的都市。

雖然說只是稍微看看武器屋或珠寶店之類的店家，也沒特別買什麼東西……不過讓我看到了許多新奇的東西，也是一段很充實的時間。

接著我又再度進入一家餐飲店，這次換成享用晚餐。

稍微填飽肚子後看向屋外，已經徹底入夜了。

……雖然時間還有點早，不過就提早睡覺吧。

於是我和從魔們一起躺到筋斗雲上。

這個躺起來其實相當舒服呢。

恰到好處的彈性，可以在完全把力量放鬆的姿勢下貼合身體。

或許是因為今天遇上各種事情而感到疲憊的緣故，我才一躺下來便當場沉睡了。

第10話◆《第一志願，絕不妥協》VS《何時要做？就是現在！》

在筋斗雲上熟睡一晚的我，舒舒服服地迎接了考試當天的早晨。

我一邊吃著為了當成早餐外帶準備好的便當，一邊移動筋斗雲前往精銳學院的校門。

在校門前的轉角處下了筋斗雲後，叫高卡薩斯跟巴力西卜在上空待命。

接著，我用走的進入校內。

把卡梅爾大人給我的推薦函交給櫃檯人員，換得了考生編號與校內地圖。

依照考生編號有規定筆試測驗的教室與座位，因此我根據校內地圖尋找自己的位子。

「呃……從樓梯算過去第四間教室，所以是這裡。」

我沒怎麼迷路便找到了自己的座位，於是坐了下來。

然後從收納魔法中拿出《第一志願，絕不妥協》放到桌上。

這麼做其實也不是為了現在翻開複習。

之前聽卡梅爾大人說過，《第一志願，絕不妥協》似乎是出版冊數有限的名著。

換言之，對於大半的考生來說，讀過《第一志願，絕不妥協》的人是一種威脅。

因此光是把書放在桌上，便能達到嚇唬其他考生的效果。

接著要做的，就是用從容不迫的平靜態度……發呆！

畢竟如果想要營造出強者的感覺讓其他考生畏縮，像這樣刻意凸顯自己的分量也是很重要的事情。

就這樣呆呆望著周圍……我忽然對坐在隔壁座位的考生專心在讀的書感到在意起來。

那本書的標題是……《何時要做？就是現在！》嗎？

印象中好像在哪裡聽說過，那是唯一足以跟《第一志願，絕不妥協》並肩的名著。

仔細一看，那名考生的胸前別著一枚跟《何時要做？就是現在！》的書籍標誌同樣設計的胸章。

……真好。《第一志願，絕不妥協》可沒有那樣的附贈品啊。

總覺得莫名有點羨慕，讓我湧起了絕不想輸給這名考生的念頭。

如此這般過了四十分鐘左右，終於開始發考卷了。

我立刻先細讀考卷封面的注意事項。

……嗯，題組數量跟考試時間都跟往年一樣。

照這樣看來，我只要按照解考古題時同樣的步調應該就沒問題了。

正當我想著這樣的事情並讀著其他的注意事項時……考官宣告測驗開始了。

好，不管要哭要笑都僅此一次的勝負，開始啦。

我首先把整份考卷大略瞄過一遍。

嗯，除了題組六以外，其他問題感覺都不算什麼的樣子。

既然這樣，我只要從頭依序解題應該就行了。

從題組一至題組五，每個問題都是跟過去某個年度的考古題類似的形式，因此我解起來相當輕鬆。

總之我先把只要全部正確就可以及格的問題數解完了。接著在這邊暫停一下，回頭檢查看看吧。

確認都沒有失誤之後，我開始解起題組六。

然而……不到一分鐘，我就不得不把手停下來了。

因為這個類型在過去從未出過，是通常考生會直接放棄的問題。

而且問題內容只有短短一行字。

也就是完全沒有任何前文引導的超級刁鑽問題。

這樣就算是我也無從解起啦。

老實講，即使這一題沒解出來，要說沒問題也是沒問題。

反正這樣高難度的問題應該大半考生都不會去解，而且最高難度學校的入學考試通常最低及格線是五成。

就算題組六的部分交白卷，也幾乎不會影響到及格與否。

即便如此，我還是覺得什麼都不做很不是滋味。

畢竟題組一至五我已經超高速解完了，考試時間還剩一半以上嘛。

因此我決定要對這個問題至少留下一點爪痕。

……要用馴魔師的「五感連動」魔法透過高卡薩斯偷看別人的答案嗎？

這樣邪惡的念頭一瞬間閃過我的腦海。

但我立刻判斷那是很糟的一步棋。

說到底，我現在面對的是往年從未有過類似形式的高難度題目。

這意味著大部分的考生對這個問題應該都束手無策。

就算我派高卡薩斯去偷看別人的答案，十之八九看到的都會是錯誤解答。

然後……如果是正確答案就算了，但要是我寫的錯誤答案跟其他考生極為相似，遭人懷疑「是不是作弊」的可能性就會一口氣跳升。

這樣根本是有百害而無一利。

甚至可以說直接把題組六的部分交白卷反而還比較好。

因此我把那樣的念頭一掃而空，堂堂正正靠自己的實力面對這個問題。

就這樣過了十幾分鐘……我的注意力漸漸無法集中。

這下不行啦。

於是我決定回頭再檢查一次題組一至五，當作是轉換一下心情。

——結果這決定竟成了我的轉機。

堪稱奇蹟的是，我注意到原來題組一的第（三）小題其實同時也是題組六的前文引導。

以此為契機，我原本幾乎喪失的注意力又重新集中，問題的解法在腦中一步一步構築了起來。

剩下的時間不多。

我以猛烈的速度動著筆。

然後……

（趕、趕上啦——！）

就在宣告考試結束的同時，我好不容易把答案卷都填滿了。

我不禁在心中小小振臂歡呼。

原本應該會放棄的問題，我卻解出來了。

這代表我肯定跟其他考生之間拉出了相當大的差距。

就這樣，我得意洋洋地走向下一項測驗──武術技能測驗──的考場了。

◇

武術測驗的考場是在校內最大的一棟建築物。

進入那棟建築物就能看到有五座像是競技場的設備，分別有五名身穿精銳學院制服的人站在裡面。

測驗內容似乎是採取「考生與在校生做一場模擬戰，由評分員評分」的方式。

穿制服的那些人想必就是對戰隊手吧。

至於各競技場中分別有五個人……應該是為了能輪流上場。

想想也對，要不然等在校生感到疲累時才上場的考生就會變得比較有利了。因此這樣安排很適切。

測驗好像沒有規定要排哪一座競技場的樣子，於是我隨便挑了考生看起來比較少的隊伍。

然後排隊等了十分鐘左右，輪到我上場了。

我從收納魔法中拿出金箍棒。

通常像這種測驗應該多半會選擇用刀劍之類的武器……不過金箍棒如果拿來對付

近身武器的對手，光是在「攻擊長度無限」這點上就占了壓倒性的優勢。

既然規定上沒有禁止使用，幾乎可以說除此之外不做其他選擇了吧。

我雖然是這麼想的……但負責當我對手的在校生似乎不這麼認為。

「啥？居然想用那種棒子跟我打？你是白痴嗎？」

應該是我交戰對手的這名紅髮……也就是英雄的少女大聲對我如此叫喊。

……畢竟金箍棒在現今的世界似乎沒什麼人知道的樣子。

會做出那種反應也不能怪她吧。

少女接著又說道：

「聽好囉？我是精銳學院第二學年的首席——愛蒂・蒂艾。在我的魔劍與劍技面前，至今沒有一個考生能撐過三秒鐘。要是你用那樣瞧不起人的戰鬥方式……我可會把你送進治療院喔！」

我聽到她這麼說……嗯。

被莫名其妙的部分戳到笑點了。

英雄（eiyu）……愛蒂・蒂艾…… au by ADDI……那不是我前世的通訊魔道具公司嗎……

不妙不妙，我還是別繼續想下去比較好。

強忍笑意的我，不經意看到那名少女的胸口。

然後，看見了不該看的東西。

那傢伙……別著《何時要做？就是現在！》附贈的胸章！

她居然面對考生炫耀那樣的玩意嗎？

這種行為可不能放過。

我在心中發誓，要一瞬間就分出勝負。

「——那麼，開始！」

評分考官發出聲音的同時……我以最高速伸長金箍棒，讓它在幾乎快碰到愛蒂臉部的地方停下來。

結果……金箍棒超越音速的伸縮速度產生衝擊波，把愛蒂當場撞飛到場外去了。

隨著音爆的餘音消散，一片寂靜籠罩屋內。

或許是我的攻擊——主要是音量的意義上——太過誇張，吸引了相當多人的注目。

甚至連隔壁正在跟考生交手中的在校生都張大嘴巴注視著我……不專心於自己的戰鬥沒問題嗎？

「……有機可乘！」

問題可大了。

就在那名在校生的注意力被我引開時，交戰對手的考生把劍抵到了他面前。

……簡直連堂堂正正的堂字都稱不上啊。

不過考生為了及格而拚命的心情也不難理解，我還是別吐槽好了。

好啦，既然勝負已分，我就到下一個魔術測驗的考場去吧。

正當我如此準備轉身離開的時候……評分員竟講出了我萬萬料想不到的發言：

「呃……愛蒂同學遭到神隱了！」

評分員說著，慌張失措地跑來跑去。

……喂喂喂，是怎麼樣可以得出那樣的結論啦？

「……並沒有什麼神隱，她就掉在場外喔。」

萬一被判定這是一場意外事件而測驗結果無效，我也會很傷腦筋，於是我指向飛到場外的愛蒂，證明自己的勝利。

「啊……咦……？真的耶……那個成績優秀的愛蒂同學竟然一招就被打出場外……這該不會是什麼惡夢吧……」

評分員記錄成績的手都停了下來……沒問題嗎？

我只能祈禱他會好好盡到自己的責任，並移動到下一個測驗的考場了。

◇

魔術測驗的考場。

在屋外一處平常應該是當成訓練場的設施，我排到考生的隊伍中。

然後我觀察著其他考生的魔法……注意到一個異常之處。

不曉得為什麼，所有人都是用無詠唱的方式在施展魔法。

如果測驗內容是「用魔法擊敗實際的魔物」之類，那我還可以理解用無詠唱的理由。

畢竟在近距離戰鬥時也要講求速度。

但現在的測驗內容只是「朝靜止的標靶施放攻擊魔法」而已。（不過志願是魔法科Ⅲ類，也就是治療師的考生好像是接受其他測驗的樣子。）

既然如此，魔法重視的是威力，我認為用詠唱的方式比較好啊……為什麼會這樣？

「……下一位，請！」

我試著考量各種可能性，但終究還是得不出結論，就輪到我上場了。

也罷。別人是別人，我是我。

我就確確實實用詠唱的方式上吧。

剛才的考生們使用的都是各種適合自己職業的魔法……而賢者大部分都是使用火矢，那我就用那個的高階版好了。

「集於吾之魔力，化作右衛門之超焰射穿敵人吧！全燒矢！」

測驗內容是「用魔法依序射穿考場上準備的五個標靶」……不過我卻讓魔法射向第三個，也就是正中間的標靶。

全燒矢射中標靶後當場爆炸……造成的餘波把其餘的四個標靶也都破壞掉了。

雖然這樣沒有發射五發魔法，但重點是標靶全數被破壞了，應該充分可以得到分數才對。

我如此判斷並準備離開考場……卻被到剛才都只會默默記錄分數的評分員叫住了。

「……把標靶、破壞掉了？這是什麼超乎常理的威力啊！」

「……請問不可以破壞標靶嗎？」

我頓時感到有點不安。

仔細想想，既然學院沒有預想到會有馴魔師來參加測驗，那些標靶的耐用度可能設計得比較低。

要是沒有備用的標靶，最壞的狀況下我搞不好會被視為妨礙考試。

雖然也可以用魔法修理啦……但總不可能接受讓考生來修理標靶吧……

就在我這麼想的時候，評分員接著說道：

「呃不，是有可以替換的標靶啦。等等！現在問題不是在那邊。不只是魔法威力大得過頭……而且為什麼詠唱魔法可以發揮那麼強的威力啊！」

不知道是不是我的錯覺，總覺得評分員的語氣好像越來越強的樣子。

話說這是什麼意思？「正因為是詠唱魔法」所以才能發揮剛才那樣的威力不是嗎？

「基本上詠唱魔法的威力本來就比無詠唱來得強吧？」

「才沒那種事。詠唱魔法只能發揮那段詠唱既定的威力，所以基本上應該不如無詠唱才對。」

聽到這段說明……我想到一個可能性。

這個世界的人該不會還不知道真・詠唱魔法吧？

「確實，由於詠唱魔法的威力跟詠唱咒語之間有密切的關聯性，所以沒辦法像無詠唱那樣自由操控魔力。」

「……沒錯。」

「但後來發現『只要調整聲帶的開閉程度或喉結位置，以特定的聲調詠唱，就能解決那樣的問題，發揮比無詠唱還要高階的威力』的技巧，並取名為真・詠唱魔法了。不是嗎？」

「那是什麼胡說八道的理論！我還是第一次聽說！」

……還真的不知道啊。

但既然有我剛才那個魔法為證據，應該不能說是我胡說八道吧。

「算了。雖然我聽不太懂你究竟在講什麼……不過就姑且給你滿分啦。」

評分員如此說著，繼續開始記分。

總覺得有點難以釋懷，不過就算了吧。

我接著移動到不會被人看到的地方，坐上筋斗雲離開到校外了。

◇

三天後。

因為放榜結果會張貼公告，於是我來到了精銳學院的布告欄前。

在布告欄周圍已經聚集了大量的人群。

有的人振臂叫好，有的人當場哭倒在地，有的成群拋高身體慶祝……真是幾家歡樂幾家愁呢。

雖然聽說也有為了享受被人拋高的樂趣而假裝是上榜考生的「假考生」，所以不曉得那些開心歡呼的人是否真的都是上榜考生就是了。

好啦，去看看我的名字有沒有在榜上吧。

第12話◆之前幫助的男人原來是大人物

在人擠人之中，我好不容易來到勉強可以看見布告欄上文字的位置。

我的考生編號是「A－0415」。

從左邊算過來第三排最上面的編號是「A－0377」，最下面是「A－0465」，因此我開始尋找那一排的編號。

「A－0401……A－0403……A－0415……找到了！」

嚇死我啦。

一下子跳了十二號，簡直害人嚇出冷汗啊。

我抱著這樣的感想，把視線移向考試結果。

成績如下：

【筆試測驗：40／40　武術測驗：30／30　魔術測驗：30／30　綜合成績100／100

偏差值：101.2】

偏差值……真是教人感到懷念的項目。

畢竟這個世界跟前世不一樣，沒有所謂的模擬考，所以我一直沒有機會測量自己的偏差值。

而且沒想到還超過一百。

前世差了一點沒能達成的目標在今世終於達成了。我心中抱著這樣的喜悅，離開布告欄前。

……我記得及格考生接下來要去領取自己的學生手冊跟教科書。

就在我如此想著並依循校內平面圖前往下一個地點的時候，忽然被一名男子叫住。

「你……不就是之前跟高卡薩斯一起救出我馬車的人嗎！」

於是我轉朝聲音傳來的方向……那人確實是幾天前我們幫忙救出了馬車的那個男人。

「原來你來報考精銳學院啊。我想應該不用問也知道……你有順利考上嗎？」

「是的。我及格了。」

我笑著如此回應。

……話說回來，為什麼他會在這裡呢？

「請問你是精銳學院的教師嗎？」

我提出了應該最有可能性的預測。

然而……得到的回答卻遠遠超出了我的想像。

「我是教育委員會的副委員長，這次來視察的。」

……這個人原來是挺有地位的大人物啊。

這麼說來，回想一下當時從馬車中出來的他身上穿的衣服好像確實很高級的樣子。

然而……我不太明白他偏偏挑今天來視察的理由。

「來視察放榜請問是可以視察到什麼呢？」

「畢竟這是工作，我也沒辦法啊。因為有一項制度是『教育委員會的高層人員可以賦予優秀的新生減免一個科目的權利』。而做為這項制度的一環，我有義務來視察確認上榜的有怎樣的新生啊。」

「哦……」

原來是這樣。

不過確實，在成績優秀的新生之中，應該也會有像是「關於某個領域已經精通到去上課只是浪費時間」的學生吧。

因此這或許是很合理的制度。

「雖然這終究只是『可以賦予權利』而已，而且我個人對於這項制度本身是站在否定立場，所以不太會真的賦予權利就是了。只不過……」

男人講到這邊稍微停頓一下。

「……那個編號Ａ－０４１５，你有看到嗎？那個考生居然創下了『綜合成績滿分』這種前所未聞的成績。就算是我，看到那樣的成績也忍不住開始猶豫了。覺得這個編號Ａ－０４１５的考生是不是應該認真找出來並賦予權利比較好啊。」

這樣啊。希望他能夠順利找到那個編號Ａ－０４１５的考生……等等喔？

「呃……」

我拿出自己的考生編號給對方看。

「……太巧了！原來你就是Ａ－０４１５的考生！好，無從挑剔。這個……就給你吧。」

男人向我遞出一個信封。

信封上寫有「一科目減免申請書」的字樣。

「……謝謝你。」

「別客氣。你就用這東西好好活用自己的時間吧。」

就這樣，我將信封收進收納魔法之中，與那名男子告別了。

接下來去領我的學生手冊跟教科書吧。

◇

領取了教科書、學生手冊以及入學用的各種資料文件後，我來到餐廳一邊吃午餐，一邊讀著關於學習科目的資料。

順道一提，在餐廳只要把學生手冊拿給餐廳人員看，一個月可以免費享用九十餐的樣子。

各種手續感覺都是快快辦完會比較好……不過就先把課表決定下來吧。

要是有什麼感覺可以自主停課的課目也順便記下來。

畢竟如果跟掌握馴魔師的現況沒什麼關聯性，而且看起來只是重複我前世已經學過的科目，我也沒有必要花時間去上課嘛。

「我看看喔……」

我打開本子，大致看過。

必修科目的魔法理論基礎和戰術理論基礎都是只看期末考決定成績。自主停課吧。

魔法訓練實習雖然有平時成績，但終究只是為了期末成績萬一不佳時的保險。自主停課吧。

迷宮活動實習是根據學期內討伐的魔物數量決定成績。感覺只要集中在短期間衝高戰果，就算自主停課應該也沒問題。

選擇必修的科目之中，我就選職業共通社會學入門和王國史入門好了。前者的平時成績只占一成，因此期末考滿分就能在成績單上拿到最高評價了。自主停課。

後者則是只要在期末提交實地考察的報告就好，甚至根本不是採取上課的方式。

至於自由選修科目中必須選擇兩個科目。

第一個我就選修「魔物生態」好了。

畢竟對於身為馴魔師的我來說，這看起來應該是拿手科目不會錯。

只看期末決定成績是嗎？自主停課。

最後剩下一個科目用剛才那個信封裡的申請書減免掉——嗯？

……搞什麼，我這學期全部自主停課了嘛。

說到底，我想達成的目標是「普及正確的馴魔師教育以及改善馴魔師的待遇」。

當初我是覺得可以把這所學院當成馴魔師教育的起點，所以才入學的……但老實講，等我升上高年級之後再開始那些活動就足夠了。

我認為現在比較重要的，應該是我自己本身要先以原本馴魔師的身分活動，向世人展示馴魔師的力量。

既然如此，只要我有辦法以優秀的成績畢業，把精力專注在課外活動上，與課業並行累積成果，想必是對我來說比較正確的選擇。

反正教科書也領了，我只要反覆練習章節例題，好好準備期末考……乘坐筋斗雲去旅行，到各種城鎮冒險或許比較好吧。

如果能夠順便向當地的馴魔師傳教覺醒進化或魔獸脆片等等知識，可謂一舉兩得。

這麼決定後……我為了準備旅行，向餐廳點了學生手冊可享權利最上限的餐點，全部收進收納魔法之中。

◇

幾天後。

辦完包括選課在內各種手續的我坐著筋斗雲……來到了精銳學院所在城市隔壁的城鎮——梅爾克爾斯。

這裡是梅爾克爾斯冒險者公會門前。

我的冒險者生活要開始了！

第13話◆奇怪的委託

冒險者公會是一棟像地方政府大樓的建築物，受理櫃檯分成『接案／達成報告・素材收購』與『其他手續（新冒險者登記・小隊登記等）』兩類。

不是接案／達成報告・素材收購的另一邊櫃檯雖然感覺整合得很雜……不過考慮到利用櫃檯的頻率，這樣的分法也算很恰當吧。

我想著這樣的事情，並且為了新登記為冒險者而走向『其他手續』的櫃檯。

然而……

「喂……那是賢者對吧？」

「好強……我還是第一次看到。」

由於髮色的緣故，我一進來就受到眾人注目。

……嗯～果然會這樣啊。

畢竟賢者（在這個馴魔師受到不當評價的世界中）是受到上天眷顧的上級職業之一嘛。

而且存在本身也很稀有，自然就會吸引目光了。

如果恢復成黑髮就不會這樣……但我是故意沒有那麼做的。

因為若想要公開自己是精銳學院學生的身分登記冒險者，還是扮成賢者會比較方便。

首先，關於為什麼在登記為冒險者時，要公開自己是精銳學院學生的理由。

這是因為如果是精銳學生，只要拿出自己的學生手冊就不需要從一般最低階級的F級，而是從中階的C級起步。實在沒有理由不利用這項優勢。

至於我之所以保持著代表賢者的金髮，是因為如果恢復為黑髮又以精銳學院學生的身分行動，可能會造成各種不必要的麻煩。

要是出現一名馴魔師的精銳學生，絕對會形成話題。而那樣的傳聞如果傳到精銳學院，想必會引發各種混亂。

不只如此，最壞的情況下甚至可能會遭人懷疑我是不是偽造學生手冊。

雖然到最後應該還是能證明那是無辜的……但即便只是短暫一段時期，我也不想背負被人當成犯罪者的風險。

因此我決定就算必須忍耐稍微受人注目，也要偽裝成賢者行動。

我不加理會那些冒險者們聚集到我身上的視線，向『其他手續』櫃檯的小姐說道：

「呃，我想登記冒險者。」

「賢者……啊，不好意思！登記冒險者是嗎？好的。」

櫃檯小姐看到我的頭髮雖然一瞬間僵住，但很快又恢復狀況。

「請填寫這份資料。」

在她如此說著並遞給我的單子中，我填上自己的名字、年齡……以及就讀學校。

寫完後，我把單子交還給櫃檯小姐。

「填好了。」

「好的……呃、什麼！精、精銳學院的學生嗎？我還想說有賢者來已經夠稀奇了，居然還是那所學校的學生……」

櫃檯小姐驚訝得瞪大眼睛。

我本來以為她這樣的狀態會一直持續下去……不過幾秒鐘後她就回神過來，接著對我問道：

「請問你有什麼可以證明身分的東西嗎？」

於是我拿出學生手冊給櫃檯小姐看。

「這個。」

「確實……這是精銳學院的學生手冊。謝謝您！」

櫃檯小姐走到櫃檯深處，不知處理了些什麼事情後……拿著一張卡片又回到櫃檯。

「接著本來是要做登記測驗的……不過精銳學生可以減免這個程序，並且從C級冒險者開始活動。這是公會證，請不要弄丟了。」

「好的，謝謝。」

我將櫃檯小姐給我的卡片收進收納魔法中。

這樣就登記完成了。

那麼接下來我就去委託布告欄看看有沒有什麼好委託吧。

◇

委託從最下級的F級到從上面數來第二級的B級，各式各樣的內容都有。

這座城鎮似乎沒有最上級的A級委託。

雖然我現在是一個人也可以承接到C級為止的委託……但畢竟是第一次到公會來，還是把F到C的所有委託都看過一遍吧。

「我看看喔……」

稍微瞄過內容後，就可以掌握大致的傾向。

下級較多都是採集類的委託，然後越往上級討伐或護衛的委託就會增加。

嗯，算很合理吧。

由於Ｆ～Ｄ級沒什麼看起來有趣的委託，於是我決定注意看看跟我本身等級一致的Ｃ級委託。

到了這個層級就連一個採集類委託都沒有了。

我本來是這麼想的……可是就在布告欄的角落處，我發現一個例外。

委託內容如下：

露娜金屬採集

等級：Ｃ

委託內容：撿回掉落於山腳處的『露娜金屬礦石』，每１ｇ將以２００佐魯收購。

我一瞬間還以為這是什麼惡質的玩笑。

雖然採集類委託居然歸為Ｃ級就已經夠奇怪了，不過在這點上還勉勉強強可以接受。

畢竟採集地區有可能是新手難以對付的魔物會出沒的危險地帶。

就算不是這樣，也可能是「地形或環境相當極端，若非具備對應能力的中階以上冒險者就無法抵達採集地點」之類的狀況。

然而……問題不在那裡。

即使包含前世的記憶在內，我也從來都沒聽過什麼叫「露娜金屬」的礦石。

雖然讓人覺得這會不會是什麼惡作劇……但委託單上確確實實蓋有公會的印章。

既然如此，這應該就是很正當的委託。

……要不要接看看呢？

我抱著這樣的念頭，取下露娜金屬採集委託的委託單。

理由只有一個。

因為這項委託非常適合我。

如果採集地點周邊會有強大的魔物出沒，我只要交給高卡薩斯跟巴力西卜去應付，自己就可以專心採集。

就算有地形或環境上的問題，靠筋斗雲也可以輕鬆前往。

以便宜的料理店一餐大約一千佐魯來考慮，雖然也要視礦石的發現機率而定，不過每一公克兩百佐魯算是很賺的了。

這樣簡直就像是為了我準備的委託，怎麼可能不接嘛。

於是我拿著委託單排到櫃檯前的隊伍後面……輪到自己後，告訴櫃檯小姐自己要承接這項委託。

結果看到委託單的櫃檯小姐當場瞪大了眼睛。

接著……她對我說道：

「請問您真的要承接『採集露娜金屬』的委託嗎？這項委託……過去讓好幾名冒險者受了重傷回來喔？在準備拾取露娜金屬礦石的時候，就會有弓箭不知從什麼地方射過來呢。」

第14話◆弓箭飛來

「有弓箭不知從什麼地方射過來，是嗎……哎呀，就算這樣，我還是想接接看這份委託。我姑且會使用治癒魔法的。」

「我、我明白了。既然您這麼說，我們就會受理……老實說讓賢者做這種事真的很浪費才能就是了……」

就這樣，公會姑且讓我承接委託了。

櫃檯小姐接著向我說明能夠採集到露娜金屬的場所。

畢竟我前世就連孫悟空那招超越音速的金箍棒連擊都能閃過了。

即使現在的身體能力還沒有恢復到像那時候的程度……只要沒什麼太誇張的狀況，我應該能夠閃避弓箭吧。

我如此想著並走出公會，接著小聲呢喃：

「筋斗雲。」

幾秒鐘後。

載著高卡薩斯與巴力西卜的筋斗雲飛到我近處。

剛才我進去公會辦事情的這段期間，牠們兩隻都坐在筋斗雲上，在公會建築物的上空待命。

『那我們出發吧。』

『好。』

『受不了，我都等到發慌啦。』

我也坐上載著那兩隻蟲的筋斗雲後……一口氣提升高度。

「剛才聽說露娜金屬可以在山腳到湖邊一帶的區域發現……就是那裡吧。」

我從上空確認目的地，讓筋斗雲飛往那個方向。

飛了大約十多分鐘，我們便抵達了目的地。

將筋斗雲收起來後，我接著施展偵查魔法。

結果發現……在我們附近有幾隻不算什麼的魔物。

『高卡薩斯，威嚇就交給你了。』

『了解。』

我如此拜託後，高卡薩斯放出威嚇用的魔力波動。

『瓦里烏斯，這樣就行了嗎？』

『嗯，雜碎都清空了。謝啦。』

如此一來，我就不需要受到魔物襲擊的干擾，專心尋找露娜金屬以及迴避弓箭了。

◇

為了尋找露娜金屬，我到處走來走去大約十分鐘，終於發現了跟公會小姐告訴我的特徵一樣的石頭。

順道一提，到這邊為止我都沒有遇上什麼弓箭襲擊。

雖然我一直都有展開只要有什麼東西進入一定範圍內，就能察覺其形狀與動作的「氣息感知」魔法……但完全沒有偵測到像是弓箭的高速反應。

也有可能是剛才高卡薩斯的威嚇讓那個弓箭手逃掉了吧。

如果是那樣就好了。我抱著這樣樂觀的想法，準備撿起礦石。

然而……就在這個時候，終於有弓箭飛來了。

我趕緊扭轉上半身閃開。

不出所料，那個弓箭的速度是我能夠輕易閃避的程度。

而且多虧氣息探測的魔法，讓我知道了箭是從什麼方向射來的。

既然已經知道沒什麼太大的威脅，其實我大可不必理會那個弓箭攻擊，繼續撿露娜金屬。

不過……我想到了一個好點子，於是付諸實行。

『……瓦里烏斯，你拿出金箍棒要做什麼？』

『那種事情還用問嗎？他是要用金箍棒擊退剛才射箭攻擊的傢伙啊。』

高卡薩斯看到我從收納魔法中拿出金箍棒而提出疑問，巴力西卜則是推測我的目的。

嗯，正常來想那樣的預測也沒錯吧。

然而……巴力西卜的預測跟我這次的目的有一點點不一樣。

『巴力西卜……你的推測雖然很接近，但有一半猜錯了。我並沒有打算用金箍棒打倒那個射箭的傢伙。』

我向巴力西卜如此表示後——朝弓箭飛來的方向伸長金箍棒。

伸長的速度較緩慢，讓金箍棒即使撞到什麼障礙物、也不至於把障礙物破壞掉的程度。

沒多久後，金箍棒便撞到了什麼堅硬的東西。

於是我停止讓金箍棒繼續伸長。

『高卡薩斯，巴力西卜，坐到筋斗雲上。』

我對那兩隻蟲如此指示，自己也跟著坐上筋斗雲。

接著，我們飛到上空。

『瓦里烏斯，你到底想做什麼？』

『看看下面。是不是可以看到我留下來的金箍棒？』

我說著，指向剛才我放到地面上的金箍棒。

『想想看，剛才不知有什麼人朝我們射出弓箭。那就表示那個人和我們之間應該沒有任何障礙物存在，對吧？』

『說得也是……哦哦，原來如此！』

高卡薩斯似乎搞懂了什麼而繼續說道：

『也就是說……只要尋找朝弓箭射來的方向伸長的金箍棒附近，應該就能找到那個射箭的傢伙了！』

『就是那樣。』

我對高卡薩斯敏銳的腦袋不禁感到佩服，並從上空注意尋找放著金箍棒的位置附近有沒有什麼人影。

第15話◆狀況其實挺複雜

我從上空觀察著金箍棒附近，很快就看到了剛才射箭的「什麼人」。

那個大概是「什麼人」的少女就站在金箍棒旁邊……或者說，她很好奇地摸著金箍棒的前端。

畢竟她身上有帶弓，所以應該不是找錯人。

我想說要試著向那女孩搭話看看，於是降低筋斗雲的高度。

但就在這時候……少女注意到這邊，立刻架起弓箭瞄準過來。

「……等等！我沒有要傷害妳的意思！」

我舉起雙手表示我方沒有要戰鬥的意思，並且用擴聲魔法這麼說道。

可是……

「不准動！」

大概是對於我讓筋斗雲繼續下降的行為感到不高興，少女對我如此大吼。

無可奈何下，我只好讓筋斗雲靜止下來。

……嗯～

我個人是希望盡可能找到雙方和解的路線啦……但是照現在這種狀況感覺遲遲難有進展的樣子。

要不要賭賭看，直接開門見山帶入主題？

這麼想的我於是開口說道：

「只要妳開口，我就發誓今後不會再來撿露娜金屬。對其他人也會試著呼籲不要來採集。所以……相對地，我希望妳能告訴我為什麼要攻擊來撿露娜金屬的人。」

結果……少女放下弓，彷彿叫我「下來」似地對我使了個眼色。

看來我的判斷似乎沒有錯。

◇

問人名字之前應該先報上自己的名字。

我想起這樣的格言，於是決定先自我介紹了。

「我叫瓦里烏斯。雖然外觀上看起來是賢者，但其實是個馴魔師……這隻高卡薩斯是我的從魔，然後巴力西卜是高卡薩斯的搭檔。」

「這樣。我叫阿提米絲。請多指教。」

這少女……阿提米絲的自我介紹實在相當簡短。

「妳……是英雄嗎？」

我疑惑地歪著頭如此詢問。

阿提米絲的頭髮雖然是紅色……但顏色深得感覺不像是英雄的自然髮色，所以讓我沒什麼把握。

「……英雄？你在說什麼？」

「什麼叫我在說什麼……我在講職業適性啊。例如紅髮就是英雄、金髮就是賢者、銀髮就是聖騎士等等的。」

不知道為什麼對方似乎沒有理解我詢問的意思，因此我這麼補充。

結果……阿提米絲終於會意似地輕輕敲了一下手掌，對我回應：

「我並不是人類喔。你看。」

緊接著，她「蹦」一聲當場消失了。

我一瞬間還疑惑她究竟跑到哪兒去了……但仔細一看，可以發現阿提米絲帶在身上的那把弓變得比剛才大了一圈。

……呃？

難道弓才是她的本體嗎？

我本來還不敢相信，可是那把弓再一次發出聲響後——帶著弓的少女阿提米絲又

POW!!

再度現身了。

「真的假的？」

「是真的。雖然我可以變成人類的姿態……不過弓才是我本來的樣貌。」

如此對話的過程中……我想到一個應該很接近關鍵的問題：

「妳本來是弓的這件事，該不會跟妳不想讓露娜金屬被人撿走的事情有什麼關聯性吧？」

結果阿提米絲露出有點嚴肅的表情說道：

「沒錯。我如果沒有持續從周圍這些露娜金屬吸收力量，就沒辦法活下去了。」

◇

「我以前是住在月亮上的。」

我請阿提米絲從頭開始說明，於是她便這樣講了起來。

雖然一開頭就給我冒出了這樣一句莫名其妙的發言……但畢竟我剛剛才目睹過那樣超乎常識的一幕。

總之就暫時先相信她看看吧。

「月球是由露娜金屬所構成。當我還在月亮上的時候，力量可是比現在更強大喔？像剛剛射你的那一箭，就可以把那附近一帶都轟掉了。」

阿提米絲說著，伸手指向我發現露娜金屬的方向。

雖然說因為樹林茂密，所以沒辦法直接看到那場所就是了。

「可是呀，忘記是多久以前的事了……有一天，一顆彗星直擊月球，結果我就從月亮上被撞飛了。」

原來如此。

然後她就掉落到這附近是嗎？

「朝這顆星球掉落的時候，我展開結界拚命保護了跟我一起被撞飛的露娜金屬碎塊。因為要不這樣做，露娜金屬就會被大氣層燃燒殆盡了。」

阿提米絲如此說著，露出悲傷的表情。

……我漸漸搞懂了。

露娜金屬這種東西，我在前世根本沒有聽過……那恐怕是只存在於月球的礦石吧。

然後阿提米絲大概是在我轉世之後掉落下來的。

「我現在只能靠著掉落到這裡時，保護下來的一點點露娜金屬維持自己的生命。要是連那些露娜金屬都繼續被其他人撿走……我遲早會死掉。所以我才會驅趕那些來撿露娜金屬的人們……」

阿提米絲語畢，沮喪垂頭。

聽完她這些話，我的心境變得很複雜。

事到如今，能不能達成委託已經不重要了。

跟阿提米絲的生命比起來，委託失敗的違約金根本不算什麼。

但我開始有種念頭，覺得如果自己只是「沒有撿露娜金屬回去」而已，好像不太對。

阿提米絲說她還在月亮上——還有豐富的露娜金屬的時候，她的力量比現在更強大。

反過來講，代表現在的阿提米絲非常虛弱吧。

也就是說，光是「不撿走露娜金屬」完全沒有辦法解決根本性的問題。

有沒有什麼方法可以在本質上拯救阿提米絲呢？

不知不覺間……我開始認真思考要怎麼樣把阿提米絲送回月球了。

第16話◆靠筋斗雲有其極限……靠筋斗雲的話啦

「阿提米絲，妳可以再變回弓一次嗎？」

我把剛才伸長之後就放著沒有回收的金箍棒縮回原形並收起來，同時這麼拜託阿提米絲。

「變回弓……是沒問題啦，可是為什麼？」

「我想試試看……有沒有辦法把妳送回月球。」

「那……那種事情有可能辦到嗎？」

阿提米絲對於我的提議頓時興奮起來。

「呃不……如果不試試看，我也不曉得能否成功。哎呀……總之我希望妳別抱過多的期待，先跟著我來看看。」

「我……我知道了。」

聽到我沒有篤定地說絕對可能辦到的阿提米絲雖然變得有一點點失落，但還是聽我的話變回弓的樣子。

於是我把變成弓的阿提米絲裝備到身上，和高卡薩斯牠們一起坐上筋斗雲。

我之所以請她變回弓的模樣，就是為了一起坐筋斗雲行動。

阿提米絲在我前世討伐孫悟空的時候並沒有參與戰鬥，因此她即使想坐上筋斗雲也會穿透過去。

然而就像我不會一坐上筋斗雲就當場變成全裸一樣，如果是我的裝備品或帶在身上的東西，就可以一起坐筋斗雲行動。

我坐上筋斗雲後，讓它開始往上升。

目的地自然不用說，就是月亮了。

由於對流層以上並非人類能夠生存的環境，所以我當然也有發動筋斗雲保護罩。

如果靠這樣可以抵達月亮，那就省事多了。

我腦中這麼想著，並持續讓筋斗雲提升高度。

◇

『瓦里烏斯……看起來是不是沒辦法升得更高了啊？』

筋斗雲開始上升後過了二十分鐘左右。

大約就在我們超過了位置最高的雲之後，高卡薩斯對我如此說道。

確實，筋斗雲感覺沒辦法再繼續往上升了。

它一開始還彷彿劃破大氣般快速提升高度，但現在每秒鐘只能上升二至三公分而已。

距離完全停止大概也只是時間的問題。

總之，我想要先調查看看目前我們所在的高度。

為了尋找有沒有什麼參考用的指標，我環顧四周……讓筋斗雲移動到近處的雲朵旁邊。

接著嘗試將施加了酸鹼測定魔法的紙插入雲中。

結果……紙一口氣變成了紅色。

……是珠母雲啊。

既然跟這個雲同高度，代表我們現在的位置是平流層（高度二十至三十公里）。

也就是說，筋斗雲的上升極限大約就到這個高度。

當然，這種高度距離月亮還遠得很。

畢竟從地表到月球的距離可是有三十八萬公里。

『高卡薩斯……憑你的能力，如果要飛到現在一萬倍左右的高度……有沒有可能啊？』

『怎麼有可能啦。』

我只是想說姑且問問看，但立刻遭到否定。

……嗯～無計可施了嗎？

畢竟一直待在平流層也沒有意義，於是我決定暫時回地表去了。

反正回程也要大約二十分鐘，我就趁這時間再研擬看看對策吧。

『瓦里烏斯，失敗了嗎？』

正當我絞盡腦汁的時候，忽然響起女性的精神感應聲音。

高卡薩斯跟巴力西卜的性別都應該是雄性……也就是說，是阿提米絲嗎？

『阿提米絲，原來妳會用精神感應啊。』

『嗯，剛才你對那隻甲蟲提出亂來的要求也讓我聽到了。』

……沒想到居然被監聽啦。

哎呀，畢竟我除非是什麼特殊狀況，否則基本上都不會防範什麼監聽。

被聽到對話的這件事本身並沒有任何問題。

而且考慮到這樣一來能夠大家一起開作戰會議，反而可以說是很好的新發現吧。

『阿提米絲……如果不介意，能不能也請妳一起動動腦？』

『真抱歉……讓你們為了我做到這種地步。』

就這樣，我們四個人（一個人、兩隻蟲與一把弓？）開起了作戰會議。

『瓦里烏斯拿的那根棒子可以伸到多長呀？』

阿提米絲對我如此詢問。

『我也不曉得。有種說法比喻那東西可以直達忉利天……如果單純換算，應該可以伸長到九十六萬公里左右吧？』

『那樣的話……不就可以輕易伸到月球了嗎？』

阿提米絲似乎在考慮能否用金箍棒上升到月亮的方法。

金箍棒的最大長度是九十六萬公里，而地表到月球的距離是三十八萬公里。

確實，就計算上看起來不是伸不到的距離。

然而……要用那玩意升上去還是太勉強了。

雖然以前和豬八戒交手的時候，我曾經利用像撐竿跳一樣的感覺升到上空避難……但如果要到月球的高度，可就沒那麼簡單了。

肯定會在途中失去平衡吧。

『就距離來看是沒問題，但如果沒有固定棒子的方法就太困難了……』

『……這樣呀。』

阿提米絲再度把手放到下巴思考起來。

就在這時，高卡薩斯提出了新的提議：

『這附近不是有一座湖嗎？如果要固定棒子……把金箍棒插到那個湖中不就好了？然後我再把湖水凍結起來。』

……還有這招啊。

我覺得高卡薩斯這個提議是個不錯的點子。

照牠現在的實力，確實可以把那座湖凍結起來。

只要能夠那樣穩穩固定住，地基問題就能獲得解決了。

既然這樣……剩下的問題就只有一個。

『唯一的問題就是湖中的生物……』

……我講到一半，住嘴了。

所謂最後的問題就是這樣做可能會破壞那座湖的生態系……但講白了，這個疑慮根本沒有意義。

我已經決定要竭盡所能把阿提米絲送回月球。

現在不把這個目的擺在最優先考量怎麼行？

就在我如此下定決心的瞬間……

阿提米絲提出了意外的援助：

『如果是湖中生物的問題，只要我強化一下牠們的生命力，湖水凍結程度的環境是可以撐過去的喔。』

……原來如此，那麼問題就全部解決啦。

我心中抱著這樣的把握，等待筋斗雲降落到地表。

降落到可以看見地表狀況的高度後，我操縱筋斗雲，朝湖的上空移動。
就這樣來到湖面附近，我從收納魔法中拿出金箍棒，對著湖底伸長。
幾秒後。
從金箍棒的前端傳來抵達湖底的觸感，於是我停止讓它繼續延伸。
緊接著……阿提米絲的精神感應聲音響起。
『我對湖中所有生物都施加了生命力強化。這樣一來就算把湖水凍結一段時間，湖中的生物們應該也能平安無事。』
『謝謝……聽到了吧，高卡薩斯，準備工作完成啦。快點施放凍結魔法吧。』
『了解。』
在我的指示下，高卡薩斯把牠的角指向湖面。
接著……蘊含魔力的閃光從牠的角射向水中。
幾秒鐘後。

伴隨軋軋的聲響，整座湖轉眼間變成了一大塊冰。
我抓住金箍棒嘗試搖晃。
……嗯，動也不動。這樣應該可以直指月球沒問題了。
「那麼，朝月亮出發吧！」
我裝備著阿提米絲，抱住金箍棒，讓它開始伸長。

◇

『哦哦，總算回到剛才的高度啦……』
『真的。』
我們靠著金箍棒朝月亮出發後，過了大約六分鐘。
高卡薩斯與巴力西卜如此交談起來。
順道一提，我們現在的狀態是這樣：
首先是高卡薩斯在最下面抓住金箍棒，並且用角夾著筋斗雲。
然後裝備著阿提米絲的我以及巴力西卜就坐在筋斗雲上。
我負責的工作是為了不要讓高卡薩斯累到掉下去，隨時對牠的腳施加回復魔法。
然後巴力西卜的工作則是對筋斗雲注入魔力，展開天候保護罩。

筋斗雲雖然到平流層以上會失去上升能力，但依然可以發揮保持氣壓與降低宇宙射線的功能。

藉由這樣的分工合作，我們一行人就可以舒舒服服直達月球了。

照現在這個速度……應該不用一個小時就能上升到大氣非常稀薄的高度。

到時候就算以超音速移動，也不會造成太大的衝擊波。

所以到了那個高度之後，就來加快上升速度吧。

◇

後來又經過了六個小時左右。

穿過平流層之後，我就開始加快金箍棒的伸長速度……而發現了一項驚人的事實。

沒想到，金箍棒伸長的速度極限可不只是「比音速快一點」而已的程度。

直到剛才，它都依然在持續加速。

我覺得現在的速度就算有音速的四倍也一點都不奇怪。

照這樣看來，應該會比預期的時間還要早抵達月球。

但即使這樣，我們依然必須在筋斗雲的天候保護罩這個密閉空間中待上幾天的時間就是了……然而要說無聊嘛，其實也未必。

從這個高度眺望我們居住的星球……簡直美得教人不禁屏息。

『好棒的景色……』

『『是啊……』』

不只是我，高卡薩斯與巴力西卜也被眼前的景象所感動。

就在這時。

我不經意想到，何不乾脆趁這時間觀測看看宇宙的各種天體呢？

畢竟能夠不受大氣層干擾，清晰觀測天體的機會可是很難得的。

我就用望遠魔法之類的方法欣賞各種寶貴的瞬間吧。

於是我決定第一個來觀察看看比我們的星球再往外側一圈軌道的行星。

不用幾分鐘，我就找到了那顆行星。

接著我為了更仔細觀察，讓用魔法展開在眼球上的透鏡改變折射率，提高望遠倍率。可是……就在清楚捕捉到那顆行星的模樣時，我驚訝得差一點從筋斗雲上摔下去。

……為、為什麼那顆行星會有四顆衛星？

就我所知，那顆行星的的衛星應該只有兩顆。

這是學者們已經確認過好幾次的事實才對。

我從來沒聽過它有四顆衛星的說法。這未免太奇怪了……

深呼吸好幾次，終於恢復冷靜的我，腦中得出一個結論。

我原來是轉世到了跟上輩子不同的星球上。

確實，只要這樣思考，一切就講得通了。

這個世界的馴魔師們居然不曉得覺醒進化。

馴魔師們在社會上受到極低的不當待遇。

而且居然沒有一個人知道真・詠唱魔法。

原來這些全都只是因為「這個星球的文明還沒有達到那個等級」罷了。

雖然就算知道了這點，感覺好像也沒什麼意義啦。

自從轉世以來遇上的各種疑問終於獲得解決的我……此刻的心境老實講還頗複雜的。

◇

後來不知又過了幾天的時間。

我們一行人……終於接近月球到可以清楚看見表面小石頭的距離了。

……真是一段漫長的旅程。

即使是以好幾倍音速的超級速度行進……三十八萬公里的距離果然還是非常遙遠啊。

我這時忽然想到要操縱看看筋斗雲，於是在心中試著叫它動一下。

結果……筋斗雲稍微動了一點點。

這是根據「筋斗雲的飛行能力只要在天體的表面附近就得以發揮」的假說做的小實驗……看來這項推測是正確的。

『高卡薩斯，謝謝你。筋斗雲好像已經可以動了，所以你也坐上來吧。我們一起到月球表面去。』

我向高卡薩斯如此說道，同時減緩金箍棒的伸展速度。

然後……我用筋斗雲飛到了月球表面。

接著把阿提米絲靠在近處一塊以露娜金屬形成的岩石上。

結果……阿提米絲再度變成了少女的姿態。

「謝謝你們。沒想到我居然可以再回到這裡呢……啊啊～力量都湧上來了。」

她這麼說著，用力伸展筋骨。

接著全身躺到露娜金屬岩石的凹陷處，繼續對我說：

「你可以留在這邊等我大概二十四小時嗎？只要給我大約那樣的時間……我的力量應該就能恢復到全盛時期的六成左右了。然後為了當成謝禮，我想要把自己的力量分一些給你。」

第18話◆新的力量

阿提米絲從休息醒來的時間意外地早。

從她說「給我一點時間」之後，她就變回原本弓的模樣，動也不動了……然而我體感上才過了大約十九個小時，她就又變成了少女的樣貌。

畢竟金箍棒隨著行星的自轉遠離我們之後還沒有再次接近，因此可以確定至少還沒有經過二十四小時。

「妳的力量已經恢復了嗎？」

「嗯，現在我應該可以把力量分給你了。」

阿提米絲說著……對我伸出右手。

「我要把力量交給你。伸出你的手。」

於是我照她所說地握住她的手。

結果……我頓時感覺到好像有某種溫暖的東西流入我的體內。

「好溫暖……這是什麼？」

「這叫神通力。該怎麼說呢……就是本來只有像我這樣的存在才有資格具備的力量。」

對於我的提問，阿提米絲如此回答。

「……那種力量，給我沒關係嗎？」

「沒問題。我剛才所謂『有資格具備』是指與生俱來體內必須要有神通力的迴路才行的意思。至於在其他人體內構築那個迴路的行為本身，是沒有受到禁止的。」

剛好就在阿提米絲如此說完的時候，流入我體內的溫暖感覺止息了。

「話雖如此，但畢竟人類的身體本來是無法具備神通力的……雖然我幫你構築了完美的迴路，但力量本身能夠分給你還是非常少量。要是再給你更多，神通力就會在你體內失控了。」

阿提米絲露出感到有點遺憾的表情。

「不過，今後你只要好好鍛鍊神通力，想必總有一天可以達到足以拿來活用的程度。你就想辦法讓它成為自己的東西吧。」

她說著，對我豎起大拇指。

這樣意想不到的收穫讓我不禁感到雀躍。

沒想到如今我還能獲得新的特殊力量啊。

雖然說，我完全不曉得這力量有什麼用處就是了。

……問問看吧。

「神通力可以用在什麼事情上啊？」

「我想想喔。首先，可以射出神通力之箭施展攻擊招式。另外也可以辦到時空干涉和死者復生之類的。還有最後這個嚴格上來講不是神通力的特性，而是我將力量授予你的過程中誕生的副產物……那就是我和你之間能夠無關距離、無時間延遲的通話。」

……簡直是不得了的力量啊。

時空干涉和死者復生，這兩者都是被認定為魔法不可能辦到的事情。

雖然能夠使用神通力之箭到什麼程度，大概要決定於我如何鍛鍊……不過既然另外這兩種能力都這麼誇張，神通力之箭應該少說也會比普通的攻擊魔法還要強吧。

我整個人都興奮起來啦。

「謝謝。我會偶爾用通話跟妳報告這個神通力怎麼樣幫上我的忙。」

「好，我很期待喔。」

就這樣，阿提米絲希望給我的「謝禮」順利完成了。

不過……距離金箍棒的前端再度接近月球似乎還要一段時間的樣子。

就在我這麼想的時候……阿提米絲又進一步向我提議：

「雖然我能授予你的神通力分量有限……不過瓦里烏斯，你本來的目的是要採集露娜金屬對吧？在月球上的話，露娜金屬可說是多到有剩的程度，你就儘管拿去吧。」

「……可以嗎？」

「沒問題。」

沒想到事情發展到這邊，我原本幾乎打算放棄的採集委託，居然又看見達成的曙光了。

「那我就帶走囉。」

我說著，開始把周圍能看到的露娜金屬都收進收納魔法中。

然而，就在我採集了大約四噸的露娜金屬時……

「你……你等一下！」

阿提米絲忽然把我叫住。

「怎麼啦？」

「瓦里烏斯……你到底是能夠收納多少呀？」

……糟糕。看來我好像撿太多了。

「……抱歉。如果這樣撿太多，我會放回去。」

「呃不，你已經收納進去的那些是沒有關係啦。畢竟撞到月球上的那顆彗星似乎也是由露娜金屬構成，所以這裡露娜金屬的量其實變得比以前更多了。我只是對你能夠收納的量感到有點吃驚而已……」

看來我已經收納的部分可以帶走沒關係的樣子。

這真是太感謝了。畢竟這在地表上是很難到手的東西，我本來想說要帶一個坑洞的量回去的……不過現在四噸左右也已經算是很大的收穫了。

就算只拿一半去賣，也可以賺到四億佐魯的收入……不，再怎麼想，對方應該也不會收購那麼多吧。

哎呀，其他活用的方法就等以後再慢慢想吧。

後來我們四個人（一個人、兩隻蟲與一把弓？）想說機會難得，就一起到處散步，消遣時間。

然後……轉了一圈回來的金箍棒前端終於進入我的視野。

「那麼，就到這邊告別了。」

「嗯……你記得偶爾要跟我精神感應，約好囉？」

阿提米絲說著，手上忽然綻放出某種光芒。

「那個光是什麼？」

「哦哦，這個嗎？我只是想說要送你們到那個棒子上。哎呀，你就當作是時空干涉的示範，參考看看吧。」

她手上的光把我們連同筋斗雲的環境保護罩一起包覆起來……接著回過神時，我已經抓著金箍棒了。

高卡薩斯和巴力西卜也在一起。

筋斗雲平安無事地被高卡薩斯的角夾著。

『阿提米絲，謝謝妳，我過得很愉快！』

『嗯，我才要謝謝你救了我！』

我馬上就試著用神通力通話聯絡阿提米絲……同時讓金箍棒開始收縮了。

◇

後來又過了幾天的時間。

我們總算回到了地表上。

『高卡薩斯，麻煩你解凍囉。』

『好。』

高卡薩斯的角再度放出閃光……那道光被湖面吸收之後，湖水冰塊便一塊也不剩地全部融解了。

我試著用探測魔法搜索一下湖中。

……嗯，看來生物們都還活著的樣子。

感到安心後，我便坐著筋斗雲準備回去公會了。

……好啦，這下不知道對方會收購多少露娜金屬呢。真是期待。

『那我稍微進去一下，你們在筋斗雲上等我喔。』

『好。』

『OK、OK。』

我讓載著兩隻蟲的筋斗雲飛到建築物上空待命後……進入公會。

一走進屋內，冒險者們就開始騷動起來……不過我想說自己今後可能好一段時間都會遇上這樣的情景，因此也沒有多加在意，排到『接案／達成報告・素材收購』櫃檯的隊伍後面。

幾分鐘後，便輪到我了。

「我要來報告『露娜金屬採集』委託的結果。」

我將自己的公會證交給櫃檯小姐。

結果……櫃檯小姐看看我的臉又看看我的公會證，頓時綻放笑臉。

「瓦里烏斯先生！原來您活著呀！」

……哦哦，原來如此。

畢竟我往返月球花了不少時間嘛。

搞不好櫃檯小姐以為我已經中箭身亡了。

「我接下這份委託是幾天前的事情？」

由於我連今天是禮拜幾的感覺都快要喪失了，於是試著如此詢問。

「是九天前呀！各位冒險者們也都好擔心呢！說『那個賢者該不會是被箭射死了吧？』……」

……原來是這樣。

剛才冒險者們會那樣騷動，其實不只是看到我的髮色而已，或許當中也有人是對於我的生還感到驚訝吧。

「然後您說今天是來報告露娜金屬採集委託的結果是吧？請問您採集了多少回來呢？」

櫃檯小姐笑容滿面地對我如此問道。

好啦，這下該怎麼回答？

我當然不可能在這裡把四噸的露娜金屬全部拿出來，但就算只拿少量，我也不曉得對方會收購到多少……直接問比較快吧。

「我反過來請問一下，你們收購的上限是多少？」

聽到我這麼問……櫃檯小姐頓時愣了一下。

「呃……上限嗎？我們沒有想過呢。不過我想不管怎麼樣應該都不會到達上限，總之您就拿出來看看吧？」

到頭來，我還是沒能問出上限。

算了，也罷。

我就暫時先在放置素材的置物檯上放一座小山，再看看對方的反應應該就行了。

於是我從收納魔法中拿出估計大概五十公斤左右的露娜金屬礦石。

結果……原本即使愣住也依然勉強保持笑容的櫃檯小姐，這下臉上就連職業笑容都消失了。

「……呃、奇怪？我怎麼好像看到了多到很誇張的露娜金屬……」

櫃檯小姐一下瞧瞧露娜金屬礦石的小山，一下又用雙手揉揉眼睛，不斷反覆同樣的動作。

……我還是第一次看到真的有人會做出那種反應呢。

「原來拿出全力專心採集露娜金屬整整九天，可以收集到這麼多的量呀。」

櫃檯小姐感慨地嘆了一口氣。

……不妙不妙。

照這樣下去，對方會以為這就是我拿來的露娜金屬總量了。

「那個……其實我還有將近這個八十倍分量的露娜金屬喔。」
「……呃、你剛說什麼？」
「八十倍。請問這樣妳還要跟我說沒有達到收購上限嗎？」
我如此補充說明後……櫃檯小姐立刻轉身跑到櫃檯深處去了。
沒過多久，她又帶著一名中年男子回來。
「那就是妳說的賢者帶來的露娜金屬嗎？」
男子一看到堆積如山的露娜金屬，當場瞪大眼睛。
「是的。而且瓦里烏斯先生表示他『還有這個八十倍的露娜金屬』的樣子……」
「唔～的確，如果收購那麼大量，公會資金就會見底了。」
男子與櫃檯小姐如此交談後，把手放到額頭上苦惱起來。
就在那男子煩惱思考的時候，櫃檯小姐接著對我問道：
「呃……請問這麼多的露娜金屬，您是從哪裡找來的？」
我一時之間不禁猶豫該怎麼回答才好。
就算回答說「我去了月球」，到最後也只會變成「信不信由妳」的議論吧……
然而要是我在這裡撒謊，讓那個謊言在冒險者之間流傳也很糟。
稍微考慮之後，我決定講真話，但是把關鍵的部分含糊帶過。
「之前妳不是跟我說，當有人準備拾取露娜金屬的時候，就會有弓箭不知從什麼地方射過來嗎？」

「是呀。」

「我找出了那個射箭的人物，然後那個人好像不知道該如何回去自己的故鄉……所以我就帶對方回到故鄉，結果對方就拿這些露娜金屬當成謝禮給我了。」

這樣我沒有說謊。

只不過沒有明講那個故鄉是在宇宙而已。

「那……那還真是厲害呢……」

櫃檯小姐好像變得不知該說什麼才好的樣子。

看起來我成功適度含糊過去了，就這樣吧。

我們如此交談後又過了一段時間……那名男子提出了結論：

「瓦里烏斯同學，我想這次我們就收購這裡兩倍的量好了，你覺得如何？」

「我明白了。」

就這樣，我從收納魔法中拿出追加的露娜金屬礦石，結果最後讓對方收購了一百二十公斤的量。

我原本用眼睛估算應該是一百公斤左右的說……看來這礦石的比重稍微比較大的樣子。

完成了鑑定有沒有摻雜其他礦石等等的必要手續之後，我收到兩千四百萬佐魯的酬勞金。

準備離開之前，我不經意產生一個疑惑而詢問櫃檯小姐：

「請問那些露娜金屬到頭來是用來做什麼的呢？」

「這個嘛，其實我也只知道從別人口中聽來的內容……我聽過一個傳聞是，有某個貴族把露娜金屬當成鑄劍的材料喔？雖然那好像幾乎都只是觀賞用的劍就是了。」

「原來如此。」

感覺沒辦法拿來當成什麼參考。

既然這樣……我想乾脆就問問看阿提米絲吧。

『阿提米絲，妳醒著嗎？』

走出公會之後，我用神通力開始通話。

『瓦里烏斯嗎？沒有什麼醒不醒著，我不是人類所以不需要睡眠呀。』

……看來我不管什麼時間聯絡她都沒問題的樣子。

『關於露娜金屬，我有一件事情想問問妳。可以嗎？』

『好呀。只要你問，我都會告訴你喔。』

通話另一頭的阿提米絲聲音聽起來充滿自信。

我想想喔……雖然只是觀賞用，不過畢竟剛剛才聽過當成鑄劍材料的話題，我就問問看做成武器的實用性吧。

『露娜金屬啊……如果當成鑄劍的材料適合嗎？』

『劍喔。在這點上講白了，如果不是你自己本身拿來使用，其實沒什麼用處。因為如果沒有注入神通力，露娜金屬鑄造的劍根本一點都不鋒利。』

『那注入神通力會怎樣？』

『老實講，現在的你就算用起來，鋒利程度頂多跟祕銀差不多而已。不過只要對神通力駕輕就熟之後，甚至連奧利哈鋼都能像切乳酪一樣輕鬆斬斷囉。』

這就是阿提米絲的回答。

簡單來講，就是「大量生產拿去賣也沒有意義，不過當成自己用的武器就有意義」的意思。

『謝謝，阿提米絲。我姑且決定下一步要怎麼做了。如果又有什麼問題的時候我會再聯絡妳。』

『好，我隨時等你喔。』

就這樣，我切斷了跟阿提米絲的通話。

畢竟我有金箍棒，所以本來還覺得自己沒有必要去準備什麼武器……但以後會不會遇上金箍棒無法代用的場面也很難講。

反正現在多了足足三點九噸左右的露娜金屬，一方面考慮到今後要活用神通力，造一把劍放著也好。

至於剩下的用途……以後再慢慢想吧。

得出這樣的結論後，我接著便前往鐵匠鋪了。

◇

「不好意思。」
「唔，有何貴幹？」
我走進鐵匠鋪對鐵匠喊了一聲後，鐵匠態度冷淡地如此回應。
……鐵匠個性不和善的特徵，原來在這個星球也是共通的啊。
我感慨地想著這種事情，同時向對方切入主題：
「我想訂製一把完全用露娜金屬製的劍。」
結果……鐵匠忽然眼神凶狠地朝我瞪過來，用低沉的聲音說道：
「啥？露娜金屬製？」
「是。」
……難道我說了什麼惹對方不高興的事情嗎？
正當我如此感到疑惑的時候，鐵匠表情非常不悅的臉湊近到我眼前。
「……你這傢伙是說，要老子用那種只能做出廢劍的材料造劍？」
對方的氣魄讓我忍不住有點畏縮。
那威迫感強烈到甚至讓人想要快點逃出店門……不過我從鐵匠的發言中預測出他

究竟在生氣什麼，於是決定試著說服看看。

「確實，我知道坊間都說『露娜金屬製的劍只能當觀賞用』的事情。但我擁有特殊的力量，能夠讓露娜金屬製的劍發揮出最強的鋒利度。請你相信我。」

我說著，目不轉睛地直視鐵匠的眼睛。

……我猜這名鐵匠大概是對於自己的功夫相當自豪吧。

然後由於我要求訂製一把應該不會實際用在戰鬥上的劍，讓他感覺自尊受到傷害。

因此他才會表現出剛才那種態度的。

既然如此，我該做的事情只有一個。

那就是清楚向對方主張：「對我來說露娜金屬製的劍才是最適合用在實際戰鬥上的武器，所以我希望你幫我造一把。」

基於這樣的想法，我才選擇了剛才那種說服方式。

對於我的主張，鐵匠接著回應：

「……眼神看起來不假。好，老子就做。但前提是你這傢伙必須能夠自己準備好露娜金屬。」

我不禁鬆了一口氣後，從收納魔法中拿出大約十公斤的露娜金屬礦石。

「就請你用這些造劍吧。」

聽到我這麼說……鐵匠當場瞪大眼睛。

「什……你這傢伙居然已經帶來了，而且還這麼多……」

他深深嘆一口氣後，接著說道：

「真沒轍。畢竟老子都已經答應要做了……費用就姑且先算十五萬佐魯。但是……你這傢伙必須要證明自己真的能夠好好使用露娜金屬製的劍。如果即使握在你這傢伙的手上，鋒利程度依然沒辦法讓老子接受……到時候就收三倍的金額。」

鐵匠說著，用右手的手指對我比了個「三」。

原來如此。

換句話說，就是「如果我沒能盡快把神通力鍛鍊起來，無法得出讓這位鐵匠接受的結果，就會被他收走三倍的費用。期限到那把劍完成為止」的意思。

好，沒問題。

雖然我是希望最好讓鐵匠也能有種「自己造出了一把傑作」的心情啦……不過即使是最壞的情況下，我也只要多付他三十萬佐魯就能了事。

對於現在有兩千四百萬佐魯的我來說，這點費用根本不痛不癢。我就接受他的挑戰吧。

「我明白了。那請問我什麼時候可以過來拿呢？」

「老子想想……畢竟老子也是第一次鍛造露娜金屬，所以十天後再過來。」

聽到他這麼說後，我便離開了鐵匠鋪。

……十天啊。

以熟練一項新的能力來講，這期限實在太短了。

雖然即使是現在的我，似乎也可以讓露娜金屬製的劍發揮祕銀製等級的鋒利度……但這樣有沒有辦法讓那個鐵匠感到滿意就很難講了。

因此就算不到奧利哈鋼的程度，我希望至少也能鍛鍊到跟亞德曼金屬不相上下……可是如果按照一般正常的鍛鍊方式，這根本是痴人說夢。

然而，我是個馴魔師。

我想到一個假說，應該能夠急速鍛鍊自己的神通力。

明天就來驗證看看這個假說吧。

第21話◆禁忌的假說

隔天早上。

在筋斗雲上醒來的我，確認天氣晴朗後，解除了天候調整用的保護罩。

接著從收納魔法中拿出一餐份的餐食當成早餐，同時操縱筋斗雲朝冒險者公會出發。

照慣例讓高卡薩斯與巴力西卜到上空待命，我自己則是走進公會建築物中。

從委託布告欄上隨便拿了一張C級用的討伐委託單後，我便排到『接案／達成報告・素材收購』櫃檯的隊伍後面。

我今天要做的事情當然就是驗證「急速鍛鍊神通力的方法假說」……而在那個過程中，我必須討伐好幾隻魔物。

既然如此，接個委託討伐魔物，順便多多少少累積一點提升等級用的成績應該比較好吧。

我就是抱著這樣的想法，首先到公會來一趟的。

由於上午多半都是接案報告，因此隊伍移動得很快。沒多久便輪到我了。

「我想承接這份委託。」

「好的，小型俄耳托洛斯的討伐委託是嗎？這項委託確實是相當於C級沒有錯……不過小型俄耳托洛斯的棲息地有極少數的機率會出現相當於B級的俄耳托洛斯。請充分小心注意，不要太勉強喔。」

櫃檯小姐拿出小型俄耳托洛斯的棲息區域地圖給我看的同時如此說道。

俄耳托洛斯嗎？那還真是教人期待。

老實講，這次的假說驗證是對手越強越好。

如果是俄耳托洛斯，不但有相當等級的強度，而且又不是覺醒高卡薩斯會苦戰的對手。

這樣剛剛好的對手，我倒是巴不得可以遇到……但畢竟櫃檯小姐說是「極少數的機率」，我還是別抱太大的希望吧。

請櫃檯小姐在委託單上簽名後，我便走出公會。

接著把筋斗雲叫來，出發前往目的地了。

◇

過了十幾分鐘，我們來到目的地的山腰處。

我立刻使用探測魔法尋找小型俄耳托洛斯的所在地。

「……找到了。」

結果……非常幸運的是，這裡不但有幾隻小型俄耳托洛斯，而且還找到了一隻俄耳托洛斯。

看來對於我的假說驗證，連上天都站在我這邊呢。

呃，雖然真的上天（阿提米絲）確實隨時都站在我這邊啦，不過我不是那個意思。

腦中想著這種玩笑話的同時，我重新提升筋斗雲的高度。

畢竟我完全沒有跟對手正面交鋒的必要性。

我只要待在上空讓高卡薩斯去攻擊，然後確認牠擊敗對手的瞬間就可以了。

於是我讓筋斗雲飛向俄耳托洛斯的所在的方向……很快就來到了能夠用肉眼看見俄耳托洛斯的距離。

『高卡薩斯，你可以打倒那傢伙嗎？』

我指向那隻有著一條蛇尾巴，體長三公尺左右的雙頭犬，如此拜託。

那就是俄耳托洛斯了。

『沒問題。』

高卡薩斯輕鬆回應後……從牠的角射出強力的電漿彈，攻擊俄耳托洛斯。

壓倒性的威力讓俄耳托洛斯連發出慘叫都來不及便當場斷命了。

……就在那個瞬間。

我把全身的注意力都集中到阿提米絲為我體內構築的神通力迴路。

結果……我立刻感覺到循環於體內的神通力增加，流動的速度也變快了。

「好耶！」

我忍不住振臂歡呼。

一如我的假說，利用高卡薩斯的戰鬥經驗成功鍛鍊神通力了。

只要高卡薩斯打倒魔物，牠的成長值就會有一部分流入我的體內……但至於具體上「要讓什麼成長」則是跟高卡薩斯打倒魔物的方法沒有關聯性。

像過去我只要想「我要鍛鍊體力」，我的肌力和肺活量就會提升，只要想著「我要鍛鍊魔力」，我的魔力量就會增加，能夠隨心所欲地分配。

既然如此，只要腦中想著「我要鍛鍊神通力」，是不是就可以把成長值分配到神通力上？

我設立了這樣的假說，並實際驗證……看來我的想法是正確的。

這下只要讓高卡薩斯討伐大量強大的魔物，我就能夠一口氣鍛鍊神通力。

我對於這件事不禁感到興奮……並且為了完成委託，而開始討伐起小型俄耳托洛斯了。

◇

打倒俄耳托洛斯之後，又討伐了六隻小型俄耳托洛斯的我們，中午過後決定告一段落，回到街上。

當然，高卡薩斯討伐小型俄耳托洛斯獲得的戰鬥經驗分給我的部分，也全部都用在鍛鍊神通力了。

或許是因為我們提早回來的緣故，公會裡一片空蕩蕩。

我完全不用排隊就能達成委託的報告了。

「我要來報告委託已經達成。」

「好的！小型俄耳托洛斯的討伐委託對不對！請提出討伐證明部位。」

在櫃檯應對的是早上我接案時同一位小姐。

沒想到我都還沒把委託單的存根拿出來，對方光看到我的臉就知道委託內容了……這或許是身為受人注目的「賢者」少數的好處之一吧。

「討伐證明部位……請問拿整隻出來也可以嗎？」

「整隻……嗎？是、是沒問題啦。」

畢竟我擁有可說是收納魔法意外事故帶來的副產物，也就是前世的巨大收納魔法空間，因此可以略過把討伐證明部位切下來的麻煩步驟。

反正其他部位也有當成素材的價值嘛。

既然已經獲得櫃檯小姐的許可，我就拿出來吧。

正當我這麼想的時候……我想到一個問題，趕緊停下動作。

「呃……全部六隻小型俄耳托洛斯，這裡應該放不下吧？」

對。

問題就是這裡沒地方放。

所以我想說要商量一下解決方法，才會如此詢問的。可是……

「您、您打倒了六隻嗎！究竟要怎麼做，才能在這麼短的時間討伐那麼多隻呀！」

櫃檯小姐卻對我討伐的數量本身大為吃驚。

一方面也因為現在公會大廳的人口密度很低，她的驚叫聲響徹四周。

好一會後，恢復冷靜的櫃檯小姐接著說道：

「不、不好意思，我太激動了。想想也對，畢竟是賢者又是精銳學院的學生，本來就沒辦法用常識衡量嘛……那麼我帶您到解體場去，請跟我來。」

在櫃檯小姐的帶路下，我走向公會的後門。

「……咦？這麼說來，瓦里烏斯先生是什麼時間去學院上課的呢……？」

……櫃檯小姐好像這樣自言自語，不過我就當作沒聽到了。

她帶著我來到解體場後，我從收納魔法中拿出六隻小型俄耳托洛斯放到地上。

順道一提，因為普通的俄耳托洛斯是超出我現在等級的魔物，而且當成跟麒麟的交易材料也剛剛好，所以我就沒拿出來了。

我把小型俄耳托洛斯拿出來後，解體場的工作人員便立刻確認起狀態，決定素材的收購價格。

確認完成之後，我和櫃檯小姐又回到了櫃檯。

「呼……我真是萬萬沒想過會看到那樣的景象呢。那麼這邊就是六次的討伐酬勞十二萬佐魯加上素材收購金額六萬佐魯，總共十八萬佐魯給您。」

櫃檯小姐看起來精神疲憊地將裝有金幣的袋子放到櫃檯上。

「謝謝。」

我收下袋子後，離開公會。

「那麼接下來就去好好鍛鍊神通力吧。」

走出公會後，我立刻坐上筋斗雲前往下一個目的地。

……其實我今天之所以提早結束行程是有理由的。

那就是「以時間換算的討伐效率實在不划算」。

我們從早上到中午為止的戰果，是一隻俄耳托洛斯加上六隻小型俄耳托洛斯，算不上有多好。

即便我已經徹底活用探測魔法與筋斗雲，極限也只到這個程度。

在達成委託的意義上或許算是相當快的步調……但如果要在十天的有限期間內增強自己的能力，這樣的討伐數量根本不夠。

因此我必須找個能夠更有效率狩獵魔物的地方。

例如像……迷宮之類的。

反正為了學校成績，到學期末之前本來就必須至少進一次迷宮嘛。

我就去攻略看看精銳學院附屬迷宮吧。

第22話◆消費合作社

接近黃昏的時候，我們總算來到了精銳學院的校地上空。

為了保險起見，我從收納魔法中拿出課表，確認一年級的「迷宮活動實習」是什麼時候。

……星期三的第二節，那就沒問題了。

畢竟我不但沒參加過平常的課堂，就連入學典禮都沒有出席。

因此要是在迷宮裡碰上同班同學……感覺會很尷尬吧。

雖然我又忘記確認今天是禮拜幾，但至少第二節課是在上午。

碰頭的風險應該極低才對。

我從上空俯瞰整片校區，尋找迷宮的入口。

結果馬上就看到了很像是入口的地方，於是我朝那裡降低筋斗雲的高度。

在迷宮入口附近下了筋斗雲後，我首先來到位於入口旁邊的建築物。

學生在迷宮內從事活動如果要反映到學期成績上，就必須先在這裡辦理手續。

「歡迎吶！……你是現在要進迷宮嗎？還是回來要報告的？」

一進入那棟建築，站在櫃檯處的一名和藹女性就向我問道。

「我現在要進去。」

「那就戴上這個裝置再去。」

女性說著，從櫃檯抽屜拿出一個手環。

「在迷宮內，這東西必須片刻不離身喔。要是你拿下來，活動就不會反映到成績上了。」

我拿起她遞給我的那個手環看看……立刻知道了那究竟是什麼裝置。

這是叫作「成長記錄裝置」的魔道具。

原本這是用來記錄討伐魔物之後，自己的魔力或體力成長了多少的裝置……看來學校是透過這個紀錄反過來推算學生的討伐狀況，藉此計算成績的吧。

我本來還很疑惑學校究竟是怎麼打成績的，這下總算解開了一道謎題。

「謝謝。」

我說著……讓透過變身魔法縮小成十分之一的高卡薩斯先觸碰一下裝置後，自己再把裝置戴上。

之所以這麼做，是為了讓高卡薩斯討伐魔物的結果能夠正確反映到裝置上。

當從魔打倒魔物的時候，雖然獲得的成長值會有一部分流入馴魔師……但那終究是「分配一部分」而已，跟馴魔師自己親手討伐魔物時獲得的成長值不一樣。
如果裝置直接記錄那個數值，反過來推算討伐狀況時，搞不好會誤算馴魔師打倒的是比實際更弱的魔物。
不過只要像這樣事先讓從魔觸碰裝置，將從魔「登記」在上面……就能夠自動在紀錄上修正。
如此一來，才能得出正確的成績評價。
順道一提，巴力西卜則是沒有觸碰裝置的必要。
因為牠終究只是高卡薩斯的搭檔，嚴格上來講並不算我的從魔。
就我的觀察，這個裝置的原理跟我前世用過的東西沒什麼差異。
我想這樣應該就沒問題了。
萬一不行，我這次就放棄把攻略活動反映到成績上，另外再想想看有什麼對策吧。
畢竟我現在的優先的事項，必須是盡可能快速鍛鍊我的神通力。
就在我如此想著，並準備離開房子的時候……櫃檯的女性忽然把我叫住。
「你不用拿地圖嗎？」
她手上搖著一張紙如此說道。
「……地圖、嗎？」

「對呀。迷宮一至二層的地圖可以免費發給學院學生。雖然我想上課的時候應該就有發過了啦……不過偶爾會有學生忘記帶就進入迷宮，結果迷路。需要的話你就拿去吧。」

……原來如此，那真是感激不盡。

畢竟那種像講義一樣在課堂上發的東西，我不可能會有嘛。

我這麼想著，準備收下地圖……但有一件事情讓我感到在意，而決定先問問看了。

「妳說一至二層的地圖是免費，那請問付錢可以拿到更深處的地圖嗎？」

「是呀……如果要更深層的地圖，到合作社可以買得到。不過很貴就是了。」

對於我的詢問，女性這麼回答。

既然如此……就先去合作社一趟吧。

反正在比較淺的階層能夠獲得的成長值，想必微不足道。

對於現在必須在有限的期間內鍛鍊神通力的我來說，實在沒時間浪費在那樣的淺層迷宮。

這是為了縮短時間的投資，不應該吝嗇吧。

「那這個先還給妳。」

我將成長紀錄裝置放到櫃檯上，接著前往消費合作社。

◇

「地圖、地圖……在那裡。」

我走進合作社的建築物中，馬上就找到了陳列地圖的架子。

因為在陳列架上貼有很顯眼的「方便的迷宮地圖！」的宣傳紙。

地圖的價格根據所到樓層而有不同。

詳細的價格如下：

●到第5層　２０００佐魯

●到第8層　４０００佐魯

●到第15層　１００００佐魯

●到第25層　２００００佐魯

我毫不猶豫就拿起到第二十五層的地圖，排隊結帳。

老實講，我覺得到二十五層的地圖其實有跟沒有只是誤差範圍而已……但反正現在資金充裕，我也沒理由小氣。

就想作有總比沒有好吧。

「總共兩萬佐魯。如果出示學生手冊可以打九折，請問有帶嗎？」

「我忘記帶了。」

我這麼回答店員後，從收納魔法拿出兩萬佐魯付錢。

其實學生手冊就放在收納魔法裡面啦。

只是我現在不想浪費時間在「一年級學生要到二十五層嗎？」之類沒意義的對話上。

結帳完後，我馬上又來到迷宮入口旁邊的建築物，重新借裝置。

接著把裝置戴到手上之後，從收納魔法拿出筋斗雲，和高卡薩斯牠們一起坐上去……專心看著地圖，利用最短的路徑一口氣突破到通往第二十六層的階梯前了。

第23話◆試用神通力

「小型厄克德娜嗎？好迷宮。」

就在我們下到第二十六層的瞬間，一隻上半身是猴子、下半身是蛇的魔物出現在我們眼前。於是我用金箍棒解決那隻魔物的同時……如此小聲呢喃。

我之所以會產生這樣的感想是有理由的。

既然會在這個階層出現小型厄克德娜，意味著我們不需要往下攻略太多階層，就能夠遇上強大的魔物。

因為迷宮的結構有所謂「每一層的魔物強度會呈現如等差數列的變化」這樣的法則。

然後小型厄克德娜以二十多層出現的魔物來說算是最強等級。

由此可以推斷，這座迷宮每往下降一層的敵人強度變化相較很大。

我猜這座迷宮……只要到四十層左右，應該就會出現姑且足以稱得上我們對手的魔物吧。

我對這件事實感到興奮不已的同時……對高卡薩斯與巴力西卜說道：

『高卡薩斯，巴力西卜，你們可以先自己往下攻略嗎？我在這一層有點事情想做。』

畢竟對牠們來說，討伐小型厄克德娜肯定一點都不有趣吧。

所以我就讓牠們盡情往下攻略，享受戰鬥的樂趣。

這樣一來，我鍛鍊神通力也會比較有效率。

『了解。那我們就自顧自往下層推進囉。』

『路上的敵人隨便踹開就好啦～』

那兩隻如此回應後，便丟下我往前進了。

相對地……我則是想要趁敵人還不算太強的時候先做一件事情。

那就是練習神通力。

畢竟我到現在為止，只有跟阿提米絲通話的時候用過神通力而已。

在訂製的劍完成之前，我希望能夠熟練使用更多樣的神通力。

就算神通力的量可以在高卡薩斯牠們的幫忙下成長，但使用神通力行使招式時的訣竅也不會自動學會嘛。

這就是我讓高卡薩斯牠們先走，而自己留在這裡的理由。

要是我在還沒習慣使用神通力的攻擊之前就跑到較深的樓層，搞不好就沒有餘力去測試神通力的各種使用方法了。

反正只要用精神感應和馴魔師的魔法「五感連動」，就能夠立刻跟高卡薩斯牠們會合了。

所以我就讓牠們不用在意我的事，盡情往下攻略吧。

我接著發現進入第二十六層之後的第二隻小型厄克德娜，於是從收納魔法中拿出一顆露娜金屬礦石。

畢竟我現在必須最優先學會的技巧，是「將神通力注入露娜金屬的感覺」。

因此我決定嘗試把注入神通力的露娜金屬礦石拿來投擲，首先從討伐小型厄克德娜開始。

將神通力注入露娜金屬礦石的感覺，我意外地一下子就抓到訣竅了。

只要把露娜金屬礦石拿在右手上，然後把神通力集中到右手，露娜金屬礦石就微微發光起來。

我想這樣應該就成功了。

確認神通力有注入露娜金屬礦石之後，我使出全力把它投擲出去。

……不過我並沒有用魔法強化臂力。

「嗚嘎！」

被露娜金屬礦石擊中的小型厄克德娜發出了叫聲。

看起來似乎有造成一定程度的傷害……但並沒有當場斃命。

知道這點後，我接著決定嘗試一項實驗。

那就是為了測量神通力威力的對照實驗。

首先，我用注入了神通力的露娜金屬礦石與透過魔法強化的身體兩者並用投擲，測量讓小型厄克德娜當場斃命所需的最低身體強化量。

接著投擲完全沒有使用神通力的露娜金屬礦石，測量在這樣的狀況下所需的最低身體強化量。

如此一來，兩者所需魔力量的差值，就是我現在神通力的威力值了。

就這樣，我在迷宮內到處走動並擊倒小型厄克德娜。

結果得出的結論是……我使用神通力的時候，比起不使用神通力時，約可以節省兩成左右的最低身體強化量。

由於高卡薩斯牠們的努力，我的神通力正以現在進行式不斷成長，所以這項結果應該多少有點誤差……不過至少得到了一個可以當成參考的數值。

等到我鍛鍊結束要回來的時候，只要再做一次同樣的實驗，就能將自己究竟變強多少化為一個明確的數值了。

這下我在第二十六層要做的事情已經結束，因此打算要前往下一層的時候……我忽然想到一個點子，於是和阿提米絲通話。

『阿提米絲，如果現在的我要跟高卡薩斯和巴力西卜一起利用神通力做空間轉移……妳覺得極限大概是幾公尺？』

『我想想喔。雖然我不清楚你現在確切上成長了多少啦……但畢竟我把神通力授予你之後還沒經過多少日子。假設你現在的熟練度跟我把神通力授予你的那一天沒有太大的差別……那大概是四公尺左右吧？』

『這樣啊，謝謝。』

我聽到阿提米絲的回答，忍不住笑了起來。

迷宮地面的厚度雖然每一樓層多少有點差異，不過大致上都在二點五至三公尺的範圍內。

那麼我只要反覆轉移，其實不需要每一層都攻略就能夠快速到較深的階層啦。

第24話◆空間轉移雖然需要細心，不過超方便

『高卡薩斯，你們現在在第幾層？』

『第二十八層。』

知道自己現在的轉移可能距離沒有問題之後，我將通話對象暫時切換到高卡薩斯，詢問牠們的攻略進度。

……第二十八層的意思是從這裡往下算兩層。

雖然這種層數其實坐筋斗雲下去就可以了……不過反正要嘗試，我就施展兩次空間轉移去跟牠們會合吧。

畢竟在挑戰包含高卡薩斯牠們一起的集體轉移之前，我也希望能夠先自己一個人轉移成功嘛。

我這麼想著……並且為了請教空間轉移的方法，把通話對象再次切換回阿提米絲。

『阿提米絲，妳可以教我怎麼空間轉移嗎？』

『瓦里烏斯……你剛才問我那種事情我就在猜想，你難不成已經想挑戰時空干涉類型的招式了？』

然而阿提米絲卻如此回問我。

『是沒錯啦……有什麼問題嗎？』

『呃不，也不至於到有問題的程度啦……只是時空轉移類型的招式要是沒有好好遵照程序步驟，可是很危險的喔。如果你真的想嘗試，就不要漏聽我接下來說明的任何一字一句。』

阿提米絲講話的語氣一反她平常的態度，聽起來認真嚴肅。

『了解。我做好覺悟了。』

聽到我這麼回應後，阿提米絲開始說明起來：

『空間轉移在時空干涉類型的招式中是屬於中下程度的難易度……但就算這樣，還是有兩個步驟必須做。首先第一個步驟，是透過千里眼確認轉移目的地的狀況。我希望你先實踐這個步驟……你已經用過千里眼了嗎？』

『還沒有。拜託妳先教我怎麼做。』

『千里眼只要在腦中想著自己要看的場所的距離跟方向，然後把神通力集中到眼睛就能看得到了。你實際試試看。』

阿提米絲如此告訴我。

既然這樣，畢竟我想前往的是下一個樓層……總之先假設要移動到垂直正下方三點五公尺的地方吧。

我這麼想著，把神通力集中到眼部。

『……謝謝，我清楚看到了。』

『太好了。如果千里眼有正確發動，你應該會感覺像是自己真的就在現場一樣，有看到自己的全身才對……這個你也有確實看到嗎？』

聽到阿提米絲這麼說，於是我確認了一下……確實看起來就像我自己的身體在下一層一樣。

『嗯，身體也可以清楚看到。』

『那麼……在那個狀態下，你仔細檢查看看自己的身體有沒有哪一部分被埋住。』

我這次也按照她的說明做確認。

結果……我發現自己的左手看起來埋在迷宮的牆壁裡面。

『我的左手……手腕以下的部分被埋住了。』

『這樣。那你稍微調整一下千里眼的距離跟方向，讓左手看起來不會被埋住。』

於是我把千里眼的視點往右移動二十公分左右。

結果……這次包含左手在內，全身上下看起來都沒有任何部分被埋住。

『好，沒問題了。』

『是嗎？這樣一來，空間轉移等於已經完成八成左右囉。接下來只要操作你體內的神通力，實際做轉移就可以了。這個操作方法很難用口頭說明……你還記得之前從月球回去時的那個感覺嗎？只要回想起那個感覺去做，就沒問題了。』

……喂，最後的部分會不會解說得太隨便啦？

雖然我一瞬間這麼想……但直到剛剛都說明得那麼仔細的阿提米絲，最後說只要那樣做就可以了。

而且從月球回到金箍棒前端時的那個感覺，我還很有印象。

總之就試試看吧。

我這麼想著，並操作神通力。

結果……我的身體就像之前從月亮回來時一樣被光芒包覆，接著幾秒鐘後，我的肉眼實際看到了剛才透過千里眼看見的景象。

……空間轉移順利成功了。

『阿提米絲！我辦到了！』

『是嗎？你一次就做到啦！恭喜你！』

阿提米絲聽到我成功的報告，通話中的聲調頓時一反剛才的嚴肅感覺而變得開朗起來。

最後我們又做了這樣的對話：

『聽好囉，唯有這點你一定要記住。空間轉移的意外事故——例如轉移後身體有一部分被埋住之類——大半都是因為千里眼的步驟太隨便才發生的。反倒是轉移時操作神通力的步驟本身就算有什麼失誤，頂多也只是什麼事都不發生而已。總而言之……唯獨千里眼的步驟，你無論如何都不要鬆懈了。』

『了解。千里眼要仔細小心，是吧。我會記住的，謝謝。』

『另外……瓦里烏斯，這招你應該也會用來跟從魔們一起轉移吧？遇到那樣狀況，用千里眼觀察目的地的景象時，腦中也要同時想著要把跟你一起轉移的對象配置在那個場所的什麼地方。只要辦到這點，其餘步驟的難易度就沒什麼差別了。』

『是這樣喔？那真是太好啦。謝謝妳。』

我本來想說集體轉移的方法等到有必要的時候再問就好了……不過這下看來省了一個麻煩。

我如此想著，結束與阿提米絲的通話。

然後遵守步驟再一次成功做了空間轉移，抵達第二十八層。

『嗚喔喔喔！瓦里烏斯，你從哪裡冒出來的？』

『我用了空間轉移啦。』

我轉移的地點就在高卡薩斯旁邊……結果牠當場驚訝得全身後仰，不過事先已經用千里眼確認過現場狀況的我就冷靜得多了。

◇

在第二十八層與高卡薩斯牠們會合後，我很快也掌握了讓全體空間轉移的訣竅。

我們就這樣一邊討伐魔物，一邊等我的神通力回復就轉移……實質花了大約半天的時間，便來到了第四十二層。

一轉移到第四十二層，馬上就有一隻魔物現身了。

那是全身上下的部位都由方體石頭所構成的巨人型魔物。

高卡薩斯立刻準備用魔法解決那隻魔物……但是在發動攻擊之前，我伸手制止了牠。

『高卡薩斯，不用打倒那個沒關係。』

『為什麼？』

『那個魔物叫基石哥雷姆……可以拿來利用一下。』

對於納悶詢問的高卡薩斯，我如此回答。

其實基石哥雷姆具有「吃下礦物達到一定的量之後會成為變異種」的特質。

例如吃鐵礦石達到一定量的基石哥雷姆就會變成鐵哥雷姆，吃祕銀達到一定量的基石哥雷姆則會變成祕銀哥雷姆……以此類推。

像這樣的變異種雖然會比普通的基石哥雷姆來得強，不過當然也有討伐上的好處。

只要討伐了基石哥雷姆的變異種，就能獲得比原本更多的成長值以及精煉過的金屬。

我上輩子也經常利用這個方法製造純度較高的祕銀。

既然如此。

現在沒有理由不拿那些多到不行的露娜金屬嘗試看看同樣的事情吧。

露娜金屬變異種的基石哥雷姆究竟會變得多強？

然後副產物的高純度露娜金屬又是什麼樣的感覺？

這兩點都是我很在意的事情。

我就拿露娜金屬給基石哥雷姆吃，觀察牠的變異狀況吧。

第25話◆露娜金屬可以算零食嗎？

我先從收納魔法中拿出大約雙手環抱分量的露娜金屬礦石，放到基石哥雷姆眼前。

接著往後退幾步，觀察基石哥雷姆的樣子。

可是……

『……瓦里烏斯，那樣就行了嗎？那傢伙好像一點都沒有要吃的感覺啊……』

『該不會是沒有食慾吧？』

基石哥雷姆始終只會感到好奇似地看著露娜金屬礦石，卻完全沒有要吃的動作。

看到牠那樣子，高卡薩斯與巴力西卜便這麼交談起來。

『嗯～……牠也許是在警戒我們。我們暫時先離開這裡看看吧。』

我說著，朝遠離基石哥雷姆的方向走去。

於是高卡薩斯與巴力西卜也跟著我離開了。

畢竟對於基石哥雷姆來說，覺醒高卡薩斯是相當具有威脅的存在。

或許牠覺得自己絕對不可以因為進食之類的行為露出破綻吧。
既然如此，只要為牠準備一個可以安全進食的環境就行了。
反正我用千里眼可以輕鬆觀察牠的狀況。
所以暫時從轉角處後面繼續觀察吧。
我如此想著，離開基石哥雷姆的視野範圍之後，發動千里眼。
接著又觀察了十分鐘左右……
『然後呢？剛才那傢伙有把你給牠的礦石吃下去嗎？』
『……不，該怎麼說……』
對。
明明我都幫基石哥雷姆準備了可以安全進食的環境，牠卻一點都不吃露娜金屬。
牠雖然偶爾會把露娜金屬拿到手上觀察……但完全沒有要把礦石放進嘴巴的跡象。
照那樣子看來……基石哥雷姆搞不好是對於露娜金屬本身存有戒心。
……真沒轍。
既然如此，我只好用上最終手段了。
「麒麟啊，現身我眼前……來一場互惠互利的交易吧。」
我召喚出麒麟。

『汝所求之物，是覺醒進化素材，還是增味劑？』

「是增味劑。」

『這樣。那麼……將汝準備的供品交出來。』

固定的對話之後，我從收納魔法中把迷宮狩獵獲得的所有魔物素材都拿出來，丟進扭曲的空間。

『汝的供品，確實收到了……那麼，汝所期望的東西就放在這邊。告辭。』

麒麟的身影消失後，原本牠在的地方出現了兩個瓶子。

『瓦里烏斯，那是……』

『……沒錯。因為牠好像怎麼也不吃的樣子，所以我也要用上最終手段啦。』

我對好像有什麼話想說的高卡薩斯瞄了一眼後，走到基石哥雷姆面前。

然後……把剛才交易獲得的魔獸麩胺酸與魔獸肌苷酸撒在露娜金屬礦石上面。

結果……基石哥雷姆剛才的警戒心彷彿煙消雲散，用驚人的速度開始吃起了露娜金屬礦石。

沒錯，這就是我的最終手段。

也就是利用「增味劑」這項任何魔物都絕對無法抵抗的誘惑。

基石哥雷姆的咀嚼速度已經到達超乎常軌的程度。

照這速度看起來，應該會比我預估的還要快成為變異種吧。

正當我這麼想著，並且拿出筋斗雲當成坐墊坐下來的時候……

可以感受出態度非常拚命的精神感應忽然傳來：

『瓦里烏斯，快給我、給我平常吃的那個果凍……』

『聞了那個味道卻什麼都吃不到，根本是地獄啊啊啊！』

看來是高卡薩斯跟巴力西卜快受不了從露娜金屬飄來的增味劑香味了。

真沒轍。

雖然我平常不太會給牠們吃正餐以外的零嘴……不過就來一場點心時間吧。

於是我從收納魔法中拿出魔獸果凍餵牠們兩隻。

『啊啊……總覺得比平常還要美味……』

『好耶！好耶！』

高卡薩斯一口一口仔細品嘗著，巴力西卜則是非常興奮地大快朵頤起來。

在那樣的情景中，我繼續觀察基石哥雷姆。可是……

「咕嚕嚕嚕嚕……」

終於連我都肚子餓了起來。

當然，畢竟我是人類，並不會受到魔物用的增味劑影響。

只是……基石哥雷姆在咀嚼露娜金屬時發出「喀哩！喀哩！」的聲音……

那種彷彿在吃什麼炸軟骨的咀嚼聲，實在很勾引食慾啊。

不得已之下，我只好從收納魔法中拿出一餐份的食物，也跟著吃了起來。

……這種有如不分敵我，雙方一起郊遊野餐似的狀況，還真有點出乎我的預料呢。

而就在我剛好用完餐的時候，現場狀況出現了變化。

終於……基石哥雷姆「吼喔喔喔喔！」地吼叫起來，並開始發光。

這毫無疑問是基石哥雷姆開始變異的徵兆。

我目不轉睛地仔細觀察牠的樣子。

大約經過一分鐘後，基石哥雷姆放出的光芒收斂消失。

接著出現在我眼前的——是基石哥雷姆的變異體，呈現我從未看過的顏色。

……我想想喔。

畢竟是吃露娜金屬變異的……我就姑且稱這傢伙叫露娜哥雷姆吧。

如此決定下來後，我接著對高卡薩斯做出指示：

『可以打倒牠了。』

『了解。』

語畢……高卡薩斯就用魔法讓角變得銳利，並且提升強度，緊緊夾住露娜哥雷姆。

沒過多久後……露娜哥雷姆承受不住高卡薩斯的犄角握力，四分五裂地化為碎塊崩落。

下個瞬間。

大量的成長值流入我的體內，讓我感受到神通力一口氣大幅提升了。

看來露娜哥雷姆可以帶來相當幅度的成長。

照我的體感來看……這個成長值幾乎跟討伐了第七十層的魔物一樣。

如果使用其他金屬讓基石哥雷姆變異，頂多也只能達到六十多層前半的等級，因此這可說是相當理想的結果。

或者應該說……照這樣考慮的話，我與其繼續往更下層攻略，不如留在這裡專心狩獵露娜哥雷姆或許比較好。

決定這樣的方針後，我將露娜哥雷姆的屍體收納起來。

接著把撒了增味劑的露娜金屬礦石設置在這個樓層各處的工作。

……而就在做著這項作業的途中，我接到了阿提米絲通話：

『我說，瓦里烏斯……你剛才是不是製造了上露娜金屬？可不可以告訴我，你究竟是怎麼辦到的？』

第26話◆還是往深層攻略好了

『上露娜金屬……？那是什麼？』

『上露娜金屬……講得簡單一點，就像是露娜金屬的高階版。尤其對我來說。』

我聽到忽然有自己不熟悉的單字冒出來而回問阿提米絲，結果她這麼回答。

『那是……跟純度較高的露娜金屬不一樣嗎？』

『不一樣。舉例來說，純度較高的露娜金屬單純只會增加我的力量而已……但如果有上露娜金屬在附近，我的神通力的質本身就會產生變化。』

唔……原來有那樣的事情嗎？

我對這件事不禁感到奇怪。

畢竟……我從來沒有聽說過從基石哥雷姆的變異種取得的金屬，居然會變成跟原本礦石中所含的成分完全不同的東西。

不過……我想這個疑問，恐怕是我在這邊怎麼想也不會得出解答的問題吧。

如此判斷的我，決定改為思考更實際的問題了。

現在重要的是，那東西究竟可以拿來做什麼。

『阿提米絲，我有兩件事想問妳。首先第一件……這個叫上露娜金屬的玩意，我是不是拿到月球去給妳比較好？反正製作方法很單純……如果要我把露娜金屬礦石帶回來，在這裡加工之後再送回月球去，也不是辦不到喔。』

『……可以嗎？那實在感激不盡。若可以藉由上露娜金屬讓神通力的質提升，在月亮上的生活就會變得更舒服了。我巴不得想拜託你呢。』

『了解。那第二個問題是……用上露娜金屬製造的劍，跟用單純的露娜金屬製造的劍，在鋒利度上會有差別嗎？』

『……很遺憾，在這點上就沒什麼差別了。雖然我剛剛說是高階版，但並不是指它在各方面的性能上都有提升的意思……』

……原來如此。

那麼我接下來要做的事情就決定下來了。

既然阿提米絲想要上露娜金屬，我繼續留在這裡討伐露娜哥雷姆果然是比較正確的選擇。

如果上露娜金屬製造的劍會比露娜金屬製的劍還要鋒利，我可能就需要先回去找鐵匠商量一下……不過從第二個問題的回答已經知道我沒有那麼做的必要了。

『我接下來準備要量產上露娜金屬。結束之後……因為我還有一些事情要辦，所以可能要等那之後我才會去月球……這樣可以嗎？』

『沒問題。如果只是一、兩個月的時間，對我來說只是誤差範圍而已。』

聽完阿提米絲的回答後，我切斷了通話。

我想不管怎樣，應該也不至於花到一個月的時間。

但畢竟人生難料會發生什麼事情，所以我也沒必要自己主動跟她提早期限吧。

只要就結果來說，比對方所想的日子還要早到那邊就可以了。

我想著這些事情，並反覆把露娜金屬堆成小山然後撒上增味劑的作業……到最後終於用光了。

不是露娜金屬。

是增味劑先沒了。

『高卡薩斯，巴力西卜，先集合一下。』

於是我決定先下去第四十三層一趟。

雖然第四十三層的敵人強度遠遠不及露娜哥雷姆……但畢竟和麒麟做交易需要材料嘛。

◇

打倒第四十三層的魔物，獲得增味劑，準備給基石哥雷姆的餌料，讓高卡薩斯打倒露娜哥雷姆。

這樣的循環反覆了大約五天……我總算把收納魔法中的露娜金屬礦石全部都加工成上露娜金屬了。

這五天來我已經把第四十三跟四十四層的構造都摸清楚，於是用筋斗雲一口氣移動到了第四十四層。

「靠現在的我……應該可以連續轉移十三次。」

我感受著這五天來成長的神通力流動，如此呢喃。

『高卡薩斯，巴力西卜，我們一口氣下去深層吧。』

『總算要下去啦！雖然那個叫露娜哥雷姆的傢伙還算有一點實力……但也只是耐久力比較高而已，打起來不是什麼有趣的對手啊。這下真期待。』

『躍躍欲試的欲試啦！』

就在牠們兩隻如此懷抱期待的同時，我用千里眼確認目的地的狀況，操作空間轉移用的神通力。

反覆這個動作十三次後，我們來到了第五十七層。

雖然這是我第一次嘗試和高卡薩斯牠們一起轉移……不過就像阿提米絲之前最後告訴我的一樣，難易度和一個人轉移沒什麼太大的差別。

我之所以停在第五十七層，單純是因為我的神通力到這邊用盡了……不過考慮到露娜哥雷姆的強度相當於第七十層的魔物，其實我希望能往更下層移動。

然而在這裡慢慢等神通力回復也很浪費時間，於是我決定採取效率第二高的迷宮攻略法。

那就是並用探測魔法與千里眼的最短路徑預測探索法。

利用探測魔法掌握魔物的位置，預測到那魔物的路徑並且透過千里眼確認，有效率地探索迷宮的最短路徑。

找出那個路徑之後，就用筋斗雲直接衝過去。

畢竟如果只用千里眼，靠神通力的自然回復量就足夠持續使用了。

由於這和空間轉移不同，必須乖乖循著路徑移動，相較下速度就慢得多……不過肯定比按照一般方法攻略迷宮要來得節省時間。

『啊，瓦里烏斯，剛才有敵人卻沒有打……』

『高卡薩斯，你稍微再忍耐一下。反正這個樓層的敵人都比露娜哥雷姆還要弱……我們早一點到下面的樓層比較能夠享受有趣的戰鬥喔。』

『……既然是這樣就沒辦法啦。』

我偶爾與高卡薩斯和巴力西卜交談的同時……一心不亂地直往下面的樓層移動。

就這樣過了大約半天的時間……我們抵達了第八十一層。

『那麼就在這附近……你們自由行動吧。』

『好，咱們上！』

『讓你們瞧瞧我真正的實力！』

看著那兩隻幹勁十足的從魔，我不禁面露微笑。

考慮到回程的時間……在這裡應該頂多只能再待一天。

這期間內，就讓高卡薩斯牠們盡情去玩吧。

第27話◆歸來

巴力西卜讓敵人陷入異常狀態後，高卡薩斯用角夾住，一邊旋轉一邊衝刺，把敵人塞進牆中。

遭受這樣的攻擊而變得無法行動之後，又被魔法補上最後一擊……第八十一層的魔物藍鳳凰便當場斃命了。

呈現鳥形的身體表面包覆的亮白色火焰消失，露出底下深藍色的鮮豔羽毛。

……這樣的情景我已經不知看過多少次了。

把藍鳳凰的遺體收進收納魔法的同時，我用精神感應對那兩隻說道：

『差不多要回地表囉。』

『是嗎……真沒轍。』

『我還打不過癮啊～』

雖然高卡薩斯跟巴力西卜都表現得依依不捨……但我們抵達第八十一層之後，已經過了整整一天的時間。

要是再不啟程回去地表，可能就來不及去取劍了。

我從收納魔法中拿出筋斗雲，讓兩隻蟲坐到上面。

接著我也坐上去後，便開始循原路回去了。

『話說回來……真虧你們打了那麼多場都不會膩呢。』

『戰鬥怎麼可能有膩的概念嘛。』

『沒錯。活在世上的價值才沒有什麼膩不膩的哩。』

……我們途中穿插著這樣的對話，回到了第五十七層。

由於我的力量還不足以只靠空間轉移就能回到地表的程度，所以才會靠筋斗雲移動到這裡……然而從這一層以上，我就不得不依靠空間轉移了。

因為從五十七層到四十四層之間，以及從四十二層到二十八層之間的路徑，我都不曉得嘛。

所以說，我用千里眼確認目的地的狀況之後，和高卡薩斯與巴力西卜一起做空間轉移。

結果……高卡薩斯忽然對我說道：

『嗯？這個感覺……瓦里烏斯，難道你已經可以跳過一層轉移了嗎？』

看來牠有注意到轉移後的地點不是第五十六層而是第五十五層了。

『是啊。因為我神通力的瞬間出力也提升不少。現在的我可以一次轉移兩層了。』

『原來如此。』

如果要移動同樣的距離，拉長每一次的轉移距離，減少施展轉移的次數，比較能夠節省神通力。

以我現在的能力來講，一次轉移兩層就已經是極限……但就算這樣也能節省相當多的神通力。

『我們就這樣回到二十八層去。然後從那裡以上又要用筋斗雲移動囉。』

『好，就交給你決定。』

如此這般，我們一路轉移到第二十八層……又靠筋斗雲回到第二十六層之後，我暫時中斷移動。

我下了筋斗雲，從收納魔法中拿出露娜金屬礦石。

這是為了接下來要做的事情而保留下來的最後一顆露娜金屬礦石。

接著，我將神通力注入那顆露娜金屬礦石……剛好這時有一隻小型厄克德娜從轉角處現身，於是我沒有靠魔法強化身體就把露娜金屬礦石朝牠投擲出去。

結果……小型厄克德娜當場粉碎得不留原形了。

『瓦里烏斯，你在做什麼？』

『沒什麼，只是一點小小的實驗。然後不出我預料，實驗結果失敗了……在好的意義上。』

對於高卡薩斯的疑問，我如此回答。

沒錯。

也就是測量透過魔法必需的身體強化量，推算神通力成長值的實驗失敗了。

畢竟現在既然連身體強化都不需要，就根本沒辦法換算成數值啦。

當然，在這個意義上來看，無法測定總比能夠測定來得好。

於是我抱著愉快的心情……操縱筋斗雲盡速回到地表上了。

◇

抵達地表後，我首先要去歸還成長紀錄裝置。

「我要來報告歸來。」

「咦？……我記得你是大概一個禮拜前進去迷宮的吧？你平安無事呀！」

「呃，是。」

……原來我被擔心了。

不禁覺得對方未免操心過度的我，把戴在手上的手環交還給她。

「好。因為必須記錄這是誰的成績，所以要給我看學生手冊喔。」

我聽到對方這麼說，於是從收納魔法中拿出學生手冊。

櫃檯小姐接著一邊記錄資料一邊把成長紀錄裝置放到魔道具上……結果忽然目不轉睛地瞪向魔道具顯示的數值。

「這是什麼……？」

「請問有什麼問題嗎？」

「這個紀錄……你下去的階層絕對不只到二十五層吧？」

「呃，是沒錯啦。」

聽到我這麼回答……小姐深深嘆了一口氣後說道：

「我說你呀……講得明白點，這個紀錄實在太異常了。我在這所學院做這個工作已經十幾年……但不管哪一年的首席留下的紀錄都不到你這個的一半喔？」

……哦哦，原來是在講這種事。

哎呀，畢竟我是馴魔師，能辦到這個程度也是理所當然的。

或者說……

「那是因為我在裡面待了一個禮拜吧？」

我覺得這應該才是主要的原因。

畢竟連上課時間都繼續窩在迷宮裡的學生，大概也只有我吧。

我如此判斷而這麼詢問小姐。

但是……

「不，你這個紀錄……是至今的首席學生一學期的成績總和的兩倍以上呀！」

小姐用強調的語氣對我如此說道。

……原來是這樣。

只要做到這個程度就可以賺滿一個學期的成績啊。

既然如此，至少這下確定我已經不需要再為了成績進迷宮去了。

唯一要擔心的，大概就是可能被人懷疑我作弊吧。

因此我從收納魔法中拿出一根藍鳳凰的羽毛，放到櫃檯上。

「這是藍鳳凰的羽毛，可以做為討伐證明。如果有必要，請把這個當成證明我的紀錄是正當的證據。」

我留下這麼一句話後，轉身準備離開。

「……啥？藍鳳凰？我怎麼好像聽到傳說生物的名字……」

……小姐好像在嘀嘀咕咕些什麼的樣子，不過就放著她別管了吧。

畢竟該辦的事情已經辦完，我必須快點到鐵匠鋪去啊。

於是我走出房子。

結果……從我背後忽然傳來似曾聽過的聲音：

「你是……之前測驗的時候愚弄我的那個人……！」

我回頭一看……發現武術測驗時當過我對手的那個人就站在那裡。

她名字叫什麼來著？我記得好像跟前世的通訊魔道具公司很像……

「你再跟我比一次！乖乖接受我的挑戰！」

人家還在拚命回想名字的說，對方卻喋喋不休地一直講話。

「經由房子內部，到轉角後面。距離沒問題。」

我如此小聲呢喃後，連續施展兩次空間轉移。

畢竟我總覺得那個人有點麻煩啊。

逃離麻煩人物的視野範圍之後，我拿出筋斗雲離開了精銳學院的校地。

接著……飛了幾個小時，我便來到可以看見鐵匠鋪的地方。

第28話◆劍的鋒利度

「不好意思～」

我一走進鐵匠鋪就如此大聲打招呼，結果鐵匠便從深處的房間走出來了。

「我是之前訂製露娜金屬劍的人，今天來拿劍了。」

聽到我這麼說……鐵匠的表情頓時變得不太愉快。

「哦哦，那個客人啊……劍是姑且已經完成了啦……」

他口中不知道在嘀咕些什麼，並走回深處的房間拿我訂製的武器。

……看來他對於打造出來的劍並不滿意的樣子。

而我究竟能夠讓他那樣的評價翻盤到什麼程度……可以說就是今天決定勝負的關鍵了。

不久後，鐵匠拿著一把劍回到我面前。

「要怎麼算錢還記得嗎？」

「是。當初約好的內容是『原本的費用是十五萬佐魯。不過要是讓我用那把劍也依然沒辦法讓它變得鋒利，就要再追加三十萬佐魯』對吧？」

「對。雖然老子怎麼想，都覺得只有必須付四十五萬佐魯的未來在等著你這傢伙就是了。」

鐵匠語氣有點粗魯地如此斷定。

「那把劍有那麼糟嗎？」

「沒錯。老子身為造劍者，姑且也有拿來試砍了一下。但是……講白了，這可是糟糕透頂喔？就算用特殊的磨刀石研磨，或是調整淬火的溫度……試盡了一切辦法，最後完成的依然是爛劍一把。」

「是這樣啊。」

……原來他那麼努力嘗試過。

畢竟我知道「露娜金屬如果沒有注入神通力就跟爛鐵一樣」這件事，總覺得對這位鐵匠很不好意思。

不過這也是沒辦法的事情。

就算我那時候向他說明「神通力是怎樣怎樣」，想必也只會被對方認為我是個腦袋有問題的客人，而且我不覺得他會因此就改變付出的勞力。

「呃，我會盡我的全力，得出一個讓您能夠接受的結果。」

我說著，從鐵匠手中接下那把露娜金屬製的劍。

「哼！還真會講話……要試劍在這邊，跟老子來。」

鐵匠把櫃檯旁邊的門解鎖打開後，要我跟著他走。

於是我一邊跟在他的後面，一邊確認露娜金屬劍的質感。

重量……剛剛好。

如果是用這把劍，就算我快速揮舞也不至於會讓身體的重心亂晃。

能夠根據客人的外觀打造出形狀最易於使用的劍，真不愧是一流的鐵匠。

知道了這點之後，我接著嘗試稍微注入一點神通力。

結果……我忍不住感動起來。

我的神通力極為順暢地注入了劍中。

把神通力集中到右手，就能感受到那力量「沙……」地均勻散布到整把劍的各處。

這是用露娜金屬礦石丟擲小型厄克德娜時完全沒有過的感覺。

既然神通力能夠如此毫無抵抗地流入其中，便意味著對露娜金屬礦石注入神通力所帶來的效果會相當顯著。

真是教人期待呢。

正當我這麼想的時候，鐵匠把我帶到了一間房間。

「就是這裡。」

他如此說著並帶我進入的這個地方……有好幾綑綁成圓柱狀的稻草柱直立排列在房間中，完全就是「試劍專用房間」的感覺。

「老子試劍的時候，最多砍五根稻草柱就是極限了。如果你這傢伙主張自己可以超過這個極限……就實際表演給老子看看。」

在鐵匠的指示下，我站到稻草柱前面。

……只要把這砍斷就行了是吧？

於是我架起劍……橫向一揮。

「……嗯？沒砍到嗎？」

我一時之間還這麼以為。

之所以會這麼認為……是因為我完全沒有感受到砍過任何東西的手感。

然而……我看向眼前的稻草柱，發現那確實被一刀兩斷了。

……這也太誇張啦。

就在我自己也如此感到驚訝的時候……從背後忽然傳來怪聲：

「……哈欸？」

這奇怪的聲音讓人聽不出究竟是誰發出來的，於是我轉頭一看……結果站在那裡的是嘴巴張得大大的鐵匠。

「……呃，請問這個要怎麼算錢……」

「……老、老、老子到底是看到了什麼……」

我試著詢問對方結果，但回應卻是牛頭不對馬嘴。

不知如何是好的我轉頭環顧房間……發現了一個東西。

是祕銀的鑄塊。

雖然我不清楚為什麼那種東西會在這個房間……不過反正機會難得。

我想說就拿這個再試砍一次看看。

「呃……請問我可以把這個砍成兩半嗎？畢竟它還只是一條鑄塊而已，應該……沒有什麼問題吧？」

我如此詢問後……鐵匠瞪大著眼睛對我點了點頭。

這樣啊。那麼……我就不客氣地準備把劍舉起來，但又停下了手。

因為我回想起阿提米絲說過的話：

『只要對神通力駕輕就熟之後，甚至連奧利哈鋼都能像切乳酪一樣輕鬆斬斷囉。』

她上次確實這麼說過。

當然，現在的我肯定還沒達到那樣的境界吧。

不過……如果只是祕銀的程度，現在的我搞不好也能夠像乳酪一樣輕鬆斬斷。

但是沒有人會為了切乳酪而把刀子高高舉起來的。

於是……我把左手微握成貓掌的形狀放到祕銀鑄塊上，用露娜金屬製的劍開始切了起來。

結果實在驚人。

雖然不到乳酪的程度……但祕銀鑄塊切起來的手感就跟切白蘿蔔差不多。

這就是所謂的成長啊。

我對這樣的結果感到相當滿足。

……就在這時……

從一旁忽然傳來像是沉重的東西掉到地板上的聲音。

於是我轉頭一看……發現是鐵匠跪到地上。

「居然用露娜金屬……把祕銀……這……騙人的吧……」

他的表情變得一臉呆滯了。

第29話◆新友情的預感

「不用付錢了。畢竟你讓老子大開眼界，那把劍就免費給你吧。」

走出試劍的房間，再度回到結帳櫃檯之前終於恢復冷靜的鐵匠對我如此說道。

「那怎麼可以。你幫我造了一把這麼好的劍，我必須付你錢啊。」

我從收納魔法中拿出了十五萬佐魯。

「不不不，這一方面也是對於老子懷疑過你的態度表示賠罪。那不是對一個真正懂得用劍的客人應該有的態度。所以老子不可以拿你的錢。」

鐵匠依然堅持不願收錢。

……從他不知不覺間把對我的稱呼從「你這傢伙」變成「你」這點來看，這位鐵匠或許是真的不打算跟我拿錢吧。

可是……總覺得這樣很像我欠了他什麼人情，對我來說很難釋懷。

因此我試著這麼提議：

「這次還是請你讓我付錢吧。不過……今後如果這把劍壞了，到時候請你再幫我造一把露娜金屬製的劍。畢竟我不希望去找別的鐵匠結果又差一點吃閉門羹嘛。只要你答應我這點，我不會再多說什麼。」

聽到我如此回應……鐵匠才說了一句「既然你這麼說」，並終於願意收我的錢了。

在鐵匠豪放的道別聲中……我走出鐵匠鋪，和待在筋斗雲上的高卡薩斯牠們會合。

「好啦……接下來就去找阿提米絲吧。」

我確認一下方位後，就讓筋斗雲出發了。

◇

後來過了整整兩天的時間。

我們來到一座湖的近處。

這次是跟以前凍結過的那座湖不一樣的另一座湖。

這是上次從月球回來的途中我俯瞰地表時，偶然發現的地點。

之所以到這座湖來的目的，雖然跟上次一樣是為了利用凍結魔法做成固定金箍棒用的地基……但我不找近處的湖泊而特地花上兩天的時間到這麼遠的地方來，是有理由的。

因為這座湖的湖水呈現一片紅色。

我轉生之前的星球上，有一座由於是強鹼性，完全沒有生物存在的湖……那座湖也是以湖水呈現一片紅色而出名。

搞不好這座湖也是那個樣子。

強鹼性的湖本來就不適於生命活動，因此可以判斷在那之中應該完全沒有生物存在。

換句話說，如果我的預測猜對了……就不需要去考慮湖中棲息的生物，可以直接把湖水結凍。

畢竟靠我現在的神通力，要對整座湖施加生命力強化還嫌能力不足。

在沒有阿提米絲同行的狀況下，選定一座不會對生物造成麻煩的地基是非常重要的問題。

我讓筋斗雲移動到貼近湖面的高度，發動毒物檢測魔法。

「檢測到高濃度的碳酸離子。看來沒錯了。」

確認自己的預想沒錯之後，我為了保險起見也用探測魔法確認真的沒有生物，再把金箍棒刺進湖中。

『高卡薩斯，凍結魔法就拜託你了。』

聽到我的指示，高卡薩斯便施展魔法，一瞬間就讓湖水化為冰塊了。
……往返一趟需要一週以上的長途旅行又要開始啦。

◇

幾天後。
『阿提米絲，麻煩妳接我們過去。』
等金箍棒的前端接近月球到某個程度的時候，我如此拜託阿提米絲。
『知道了。』
阿提米絲一回應完，我們就被光芒包覆……平安抵達了月球。
『瓦里烏斯，好久不見啦……話雖這麼講，但其實我想都沒想到會這麼快又跟你見面就是了。』
『我也是。啊……這是約好的東西。』
互相打完招呼後，我從收納魔法中把上露娜金屬全部拿了出來。
順道一提，從露娜哥雷姆的屍體中分出上露娜金屬的作業，已經在前往湖的途中完成了。
『哦哦，這就是上露娜金屬……』

阿提米絲一靠近上露娜金屬，上露娜金屬便發出神奇的光芒。

她之前說過「如果有上露娜金屬在附近，神通力的質就會產生變化」之類的話……現在可能就是那個現象吧。

『如何？妳所謂神通力的質有變化嗎？』

我試著這麼詢問。

『嗯，是有一點啦。雖然以這個量來講，還不足夠讓質產生決定性的變化就是了……』

『這樣啊。』

看來不出我所料，造成的效果很微弱的樣子。

哎呀，畢竟打從一開始的前提，就是要往返月球好幾趟運送上露娜金屬嘛。

一次的效果頂多就是這個程度吧。

正當我想著這些事情的時候……阿提米絲對我提出問題：

『瓦里烏斯，如果你方便，可以詳細告訴我你是怎麼製造上露娜金屬的嗎？我以前也為了精製上露娜金屬，嘗試過各種實驗……但沒有一次是順利的。』

『是喔？這個製造方式其實非常簡單喔？我把露娜金屬礦石餵給一種叫基石哥雷姆的魔物吃，等那個魔物產生變異之後再打倒。就只是這樣。』

『居然是那樣……話說真是不可思議，原來會有將露娜金屬當成食物的魔物呀。』

『是啊，所謂的哥雷姆就是那樣的生物。雖然說牠們原本好像不怎麼想吃的樣子，所以我有用增味劑稍微調味過就是了。』

我從收納魔法拿出裝魔獸肌苷酸的瓶子，在手上搖一搖給阿提米絲看。

結果……

阿提米絲注意到我萬萬沒有想到的部分。

『那個瓶子……喂，瓦里烏斯，你該不會認識麒麟吧？』

『……？呃，算認識啦……怎麼了？』

『關於那件事……可以再告訴我詳細一點嗎？』

不知道為什麼，話題忽然轉變到阿提米絲想要知道關於麒麟的事情了。

這麼說來……我忘記是前世的什麼時候了，麒麟好像有跟我抱怨過「如果有其他能夠對等交流的存在，至少還可以有點消遣的說……」之類的話。

會不會阿提米絲也抱著同樣的無聊寂寞？

既然是這樣。

反正機會難得，試試看把麒麟召喚到這裡來吧。

『既然要講，與其由我來描述麒麟的事情，不如把牠召喚到這裡來比較快吧？』

『……啥？瓦里烏斯，你在說什麼……』

『哎呀，妳看了就知道。』

在感到困惑的阿提米絲面前，我詠唱起例行的魔法：

「麒麟啊，現身我眼前……做一場互惠互利的交易吧。」

於是……一如往常，麒麟現身了。

『汝所求之物，是覺醒進化素材，還是增味劑？』

麒麟還是老樣子對我如此詢問。

雖然說，這兩者都不是我這次召喚牠的理由就是了。

『呃不，我這次請你來不是為了那樣的理由。是這女孩似乎想知道關於麒麟的事情。你方便的話，可以跟她聊一聊嗎？』

我指著阿提米絲如此說道。

結果……麒麟的表情不知為何變得有點凶。

『也就是說……汝既沒有正當的事情要辦就把我叫來了，是這樣嗎？』

牠精神感應的語氣中可以感受到牠明顯很不高興。

該不會……我做了什麼很糟的事情吧？

『呃～……如果你說這樣的召喚理由不行，那我就跟你要增味劑好了。』

我姑且試著如此掩飾。

幸好我現在有相當多的藍鳳凰素材啊。

但願這樣可以讓麒麟消消氣。

『這樣嗎？那就好——』

麒麟似乎有什麼話說到一半……卻停了下來。

牠的視線筆直地看向阿提米絲。

『……該不會，汝所謂要跟我談話的對象，是阿提米絲嗎？』

麒麟接著對我這麼詢問。

從牠精神感應的語氣中，原本不高興的感覺完全消失了。

『是啊，沒錯。』

『什麼！原來是這樣……如果早點告訴我談話對象是擁有神格的存在，我打從一開始就不會生氣了……』

麒麟對我留下這麼一句話後，轉向阿提米絲。

『我是麒麟。請多指教。』

『我是阿提米絲。不好意思呀，讓你來這一趟。』

麒麟與阿提米絲開始互相自我介紹起來。

……看來應該已經沒問題了吧。

於是趁那兩位對談的時間，我決定自己去收集要加工用的露娜金屬礦石。

『阿提米絲，你們兩位暫時聊聊吧。我趁這時間去收集要當成上露娜金屬原料用的露娜金屬。』

『好，我知道了。』

向阿提米絲取得確認後，我便坐著筋斗雲飛向一處坑洞，並發動收納魔法了。

◇

『我這邊結束囉。』

收納了上次來月球時大約兩百倍的露娜金屬礦石後，我如此告訴阿提米絲。

雖然說，如果只論收納魔法的容量，其實還可以再裝更多就是了。

只不過就算帶太多回去，要變換成上露娜金屬的速度也趕不上。

畢竟再怎麼說，我並沒有打算只為了阿提米絲生產上露娜金屬過一輩子啊。

我認為每一次都把數量控制在這個程度，然後定期過來這裡應該比較好。

『你終於結束啦？我剛才偶爾也會看看你的狀況，但是……居然能夠一次收納那麼多的量，你還是老樣子一點都不像個人類呢……』

阿提米絲有點傻眼地這麼表示。

接著，我向麒麟拜託道：

『還有，麒麟……反正都把你叫來了，我還是跟你要一些增味劑吧。可以嗎？』

『這樣。那麼將汝的供品交出來。』

我把藍鳳凰以及其他各種屍體都丟進麒麟製造出來的扭曲空間。

……反正要餵食基石哥雷姆的時候總會需要增味劑嘛。

因此與其以後再召喚牠出來，我覺得不如趁現在就順便跟牠交易了。

『這次就這些了。』

幾乎把所有魔物屍體都丟進去後，我這麼告訴麒麟。

『汝的供品，確實收到了……那麼，汝所期望的東西就放在這邊。』

麒麟在什麼都沒有的地方變出兩個瓶子。

平常的話，牠應該這時候就消失了……但現在既然還留在這裡，或許是覺得跟阿提米絲還沒聊夠吧。

看來兩位很投緣的樣子，真是好事一樁。

我撿起瓶子，放進收納魔法後……阿提米絲忽然對我說道：

『對了，瓦里烏斯。我有個好消息要告訴你。』

『什麼好消息？』

『剛才和麒麟的交談中，我知道了一件事……如果我的神通力的質達到某種程度的變化，或許就能給你獎賞喔。』

『……獎賞？』

『沒錯。』

……原來他們還聊到了這種事情啊。

那還真是教人期待。

既然如此，根據狀況我或許要再多帶一些露娜金屬礦石回去會比較好吧？

為了判斷，我試著問道：

『……如果要達到那個程度，我大概需要收集多少上露娜金屬才行？』

『我想想喔……至少你這次準備帶回去的那些，如果全部都轉換成上露娜金屬，我想應該就十分足夠了。』

……看來我沒有必要追加帶回去的量了。

『了解。總之我這次就把現在收納的這些帶回去……可以麻煩妳再把我送到棒子前端嗎？』

由於這次逗留的時間不長，金箍棒還沒有離得很遠。

我認為靠阿提米絲的神通力應該還在射程範圍內……所以如此詢問。

『好呀。你保重喔。』

阿提米絲這麼說完後……我們就連同筋斗雲一起被光芒包覆。

接著就跟上次一樣，回過神時，我們已經來到金箍棒的前端了。

第31話◆命運的委託

回到地表後，我讓高卡薩斯解凍湖水……再花兩天時間，用筋斗雲回到了梅爾克爾斯冒險者公會。

雖然阿提米絲說的「獎賞」讓人很期待，要我回去精銳學院的附屬迷宮繼續狩獵露娜哥雷姆也是可以啦……不過那其實也沒特別訂什麼期限。

畢竟最近一陣子都在處理跟阿提米絲相關的事情，因此我覺得差不多也該到公會接個委託之類，分配一些時間累積自己的成果比較好。

更何況梅爾克爾斯就位於那座紅色的湖與精銳學院相連的直線途中，實在沒有理由不去一趟啊。

『又～要在這裡等了啊。』

『別這樣說嘛，巴力西卜。我很快就會把事情處理完回來啦。』

我還是老樣子讓高卡薩斯與巴力西卜坐著筋斗雲，到工會的建築物上空待命後，自己走進冒險者公會。

接著來到布告欄前尋找可以接的委託。
結果……我看到了這樣的一則委託。

海克力斯魔兜蟲討伐

等級：B

委託內容：排除海克力斯魔兜蟲的威脅。討伐一隻的報酬為80000佐魯。
（素材收購酬勞另算）

……簡直是對我們來說再適合不過，「不接這個案子怎麼行！」的委託。
畢竟只要接下這份委託，就能實現高卡薩斯未了的遺憾啊。
於是我拿著這張委託單，排到櫃檯的隊伍後面。
「我想接這份委託。」
我說著，把委託單交給櫃檯小姐後……櫃檯小姐露出傷腦筋的表情，把單子退還給我。
「瓦里烏斯先生，你現在還是C級吧？就算你說『我想接這份委託』，你的等級還不夠呀……」

聽到她這麼說，我重新看了一下委託單……啊！

我剛才的注意力完全被「討伐海克力斯」的部分吸走，根本沒有確認委託的必要等級。

「請問如果是C級就不能接這份委託嗎……？」

「呃，就是那樣……」

真傷腦筋。

我還想說難得可以幫高卡薩斯安排一個對決機會的。

雖然我也可以從現在開始用最快的速度晉升到B級……但是萬一這份委託在那段期間被其他B級的人搶走就慘啦。

難道沒有什麼好方法嗎？

我如此想著……決定嘗試交涉看看。

「請問有什麼可以現在立刻晉升為B級的方法嗎？……例如說『靠討伐了強大魔物的成果立刻升等』之類的……」

「討伐強大魔物的成果確實是朝升等大幅邁進的要素之一沒錯啦……可是能不能現在立刻升等，我就不太清楚了。順便請問一下，您有什麼魔物的討伐成果呢？」

被小姐這麼一問，於是我拿出了藍鳳凰的屍體。

畢竟之前在迷宮獲得的戰利品，大半都已經給麒麟啦。

現在我手頭上剩下的就只有這個了。

「請問藍鳳凰如何呢？」

我抱著姑且一試的心情如此詢問……結果櫝檯小姐竟然發出奇怪的叫聲，當場跌坐到地上。

「藍……啥……！」

她接著用顫抖的手指向藍鳳凰的屍體。

「不、不不不……剛才確實是說強大的魔物沒錯啦！但我可沒聽說是藍鳳凰呀，藍鳳凰！什麼魔物不挑，為什麼偏偏是那種傳說中的魔物！」

櫝檯小姐這麼大叫後，跑進深處的房間。

「喂……那個賢者，這次竟然打倒了藍鳳凰啊……」

「果然賢者跟我們的等級就是不一樣。」

「……不不不，是那種問題嗎？打倒的可是藍鳳凰喔？」

「這與其說因為是賢者，應該說因為他是精銳學院的學生吧？」

「呃，好像也不是那種問題……話說他明明是精銳生，為什麼會在這裡啊？難道說打倒藍鳳凰就可以減免課業嗎？」

……由於櫝檯小姐剛才的聲音實在太大，害我又成為眾人注目的焦點了。

話說，我是精銳學院學生的事情是什麼時候傳出去的？

就因為這點曝光，還有人開始講起多餘的事情啦。

如此這般，我忍受著大家好奇的眼光好一段時間後……櫃檯小姐帶著一名男子回來了。

我記得那個人……上次收購露娜金屬的時候也出面過。

「上次是大量的露娜金屬，這次又是藍鳳凰嗎……到底是怎麼一回事啊……」

男子嘆了一口氣後，接著說道：

「然後呢……瓦里烏斯同學，你希望用這個成果晉升到B級是嗎？」

「是的……請問這樣足夠嗎？」

聽到我如此詢問……男子一臉遺憾地低下頭。

「若只論單純的戰力，這何止是B級，甚至遠遠超過了A級啊。但是要讓你升為B級嘛……再怎麼說你的委託達成件數都太少了。畢竟公會的規則制定上並沒有考慮到像你這種強度誇張異常的人……真是抱歉。」

看來我無論如何都沒有辦法現在立刻升等的樣子。

……果然我只能把可以接的C級委託都接下來並全部達成了嗎？

然後只能祈禱在那段期間，海克力斯魔兜蟲的討伐委託不會被其他人接走？

正當我這麼想的時候……櫃檯小姐向我提議：

「……我稍微確認一下，瓦里烏斯先生本來的希望不是『現在立刻升到B級』，而是『承接B級的委託』對不對？」

「是的。」

「既然這樣……姑且有一種辦法是『組成三人以上的臨時小隊，讓小隊的戰力評價相當於B級』喔。」

櫃檯小姐帶著笑容對我這麼說明。

「臨時小隊……嗎？」

「對。雖然現在沒辦法讓瓦里烏斯先生立刻升為B級，不過可以將包含您在內的三人小隊評價為相當於B級的戰力喔。既然您是精銳學院的賢者，我想募集小隊成員應該也不難吧。」

第32話◆組隊

「臨時小隊的成員募集，請問要怎麼做呢？」

「嗯～一般都是召集自己認識的冒險者一起組成小隊的方式啦……不過瓦里烏斯先生來到這座城鎮還沒多久吧？如果沒有認識的人，就必須去找願意協助的冒險者了……」

櫃檯小姐把手放在額頭上，露出複雜的表情。

……原來是這樣。

要自己主動找人搭話這種事，我很不拿手地說。

可是……現在也沒辦法讓我那樣任性吧。

正當我這麼想的時候，櫃檯小姐帶來的那位男性為我提供了協助。

「如果你不介意，要不要我幫你廣播看看？雖然通常用這種方法招募臨時小隊成員幾乎不可能招到人……但畢竟你是精銳學院學生的賢者。就算只是短暫時期，我想或許還是會有人想要跟你組隊看看喔。」

……真的假的？

公會居然願意為我做到這種地步，真是感激不盡。

畢竟如果是對方志願來組隊的人，在某種程度上，「請把戰鬥交給高卡薩斯」的要求比較容易被接受吧。

「……那麼就拜託您了。」

我二話不說地如此回應。

就這樣，公會幫我廣播招募小隊成員……結果這行為又引起了一場不得了的騷動。

沒想到在公會建築物裡的冒險者們，竟然有八成的人都跑來報名了。

這下子也很難挑選成員啦。

畢竟我完全不曉得哪個冒險者是什麼樣的人物……究竟該用什麼基準來決定人選才好啊？

總覺得自己一個人煩惱也解決不了問題的我，決定試著問問看櫃檯小姐了。

「呃……請問在這些人之中，有誰是您覺得『這位冒險者很推薦！』的嗎？」

「我想想喔。如果是我，可能會挑選魔法師的艾莉亞小姐跟劍士的梅希亞小姐。畢竟這樣在小隊組合上很平均，而且以我身為公會職員的經驗上來看，我覺得瓦里烏斯先生和那兩位應該最合得來。」

櫃檯小姐說著，指向兩位女性冒險者。

「……啊，不過公會職員其實不應該在這種事情上多嘴的，所以我剛才講的這些話要保密喔？」

她接著又這麼補充。

在這點上可以放心。

我對於為了我特別提供方便的人，是不會恩將仇報的。

「那麼，我就選這兩位。」

我如此拜託後，櫃檯小姐便很有效率地為我辦理手續……沒多久後，我和艾莉亞小姐與梅希亞小姐三個人就組成戰力相當於B級的小隊，承接了委託。

走出公會後，我們重新自我介紹。

「我叫瓦里烏斯，是精銳學院的一年級生。今天就請兩位多多關照了。」

「我叫梅希亞。我作夢都沒想到居然會有一天跟精銳學院的賢者組成同一個小隊呢。真是教人期待。」

「我、我叫艾莉亞。難得有這樣的機會……我會全力以赴，完成這項委託的！」

我聽著兩位自我介紹，同時把筋斗雲叫到自己身邊。

順道一提，我讓高卡薩斯變身成十分之一的大小，假裝只是一隻普通的蟲了。

畢竟要是現在這個階段，我就表明自己其實是馴魔師，結果對方抗議說「這是詐欺」然後取消組隊，我也會很傷腦筋。
因此我打算到實際要跟海克力斯交手的階段之前，都暫時不要告訴她們真相。
「請問兩位有什麼移動手段嗎？」
我這麼詢問。
「移動手段？反正距離又沒有多遠，用走的不就好了？」
「我也是抱著用走的打算……」
看來這兩人都沒有自備移動手段的樣子。
「這樣啊。我一直都是用這個叫『筋斗雲』的乘坐物移動到目的地的……可是這玩意除了我以外的人，就算想坐也沒辦法坐……」
我讓那兩人試著摸摸看筋斗雲，於是她們便試著伸手觸摸，或是想坐上去看看。
「哇哇！這是什麼！」
「好神奇的雲呢……」
讓她們都確認真的除了我以外的人都沒辦法乘坐之後，我提出了角色分工的提案：
「那麼……兩位以徒步的方式走到委託地點，我則是坐這朵雲到上空偵查，請問這樣可以嗎？如果有危險逼近，我也會盡可能從上空對付處理。」
我這麼表示後，坐上筋斗雲……結果那兩人都當場瞪大眼睛。

「呃……？居然真的坐上去了……」

「這就是精銳學院學生……跟我們的等級根本不一樣呢。」

……呃不，我能夠乘坐這玩意並非因為我是精銳學院的學生，是因為我討伐了孫悟空啊。

不過告訴她們這種事情，應該也只會害她們變得腦袋更混亂，所以我還是別講好了。

「等等，你說要『到上空偵查』……這東西難道會飛嗎？」

梅希亞小姐充滿好奇地如此詢問。

「會飛啊。像它現在不就飄浮著嗎？」

我這麼回應後……那兩人就莫名交頭接耳起來。

「我說……我們該不會是和一個不得了的傢伙組隊啦？」

「我聽過精銳學院的學生各個都是超乎常軌的天才……但我沒聽說居然會有能夠一直飛在空中的人物呀。」

大概是太激動的緣故，她們的竊竊私語一點都不竊竊私語，完全被我聽見了。

總覺得只不過是筋斗雲就被說到這種程度，也未免太過度評價……然而這樣好像也漸漸醞釀出即使我承認自己是馴魔師也不會有問題的氣氛了。

總之我就當作這是一個好徵兆吧。

「那麼就按照我剛才說的那樣分工，請問沒問題嗎？」
我向兩位做最終確認。
「哦……哦哦，好。雖然感覺好像怪怪的，但反正不是什麼壞事嘛。」
「麻煩就按照那樣分配了。」
看來就此決定下來了。
「那麼，我們出發吧！」
我讓筋斗雲提升高度……開始守護那兩位成為小隊成員的夥伴了。

第33話◆邂逅

「殺手袋鼠兩隻嗎？」

離開梅爾克爾斯之後，大約過了十分鐘左右。

我使用探測魔法，發現了這次的旅途中，第一個可能對那兩位小隊成員造成威脅的魔物。

殺手袋鼠是一種有袋類的魔物，以異常強勁的拳擊力量而著名。

如果是我還不用說，但艾莉亞小姐或梅希亞小姐要是被那攻擊直接擊中，想必免不了會腦震盪吧。

只是殺手袋鼠雖然擁有強勁的近身攻擊手段，卻相對地沒有對抗遠距離攻擊的能力。

換言之……只要我從這裡用金箍棒一戳，就能輕鬆打倒了。

「和目標物之間沒有障礙物。」

我用千里眼確認金箍棒的攻擊線上沒有其他障礙物之後，從收納魔法拿出金箍棒瞄準目標。

（伸長吧。）

雖然殺手袋鼠的距離遠到從這裡幾乎只能看到黑點而已……不過我用金箍棒戳了兩次就簡單解決了牠們。

確認的同時，我再一次使用探測魔法。

嗯，周圍已經沒有其他魔物。

這樣好一段路上應該都可以放心了。

……正當我這麼想的時候。

「剛才那個……該不會是瓦里烏斯吧？」

「總覺得好像有什麼東西用很誇張的速度飛過去了？」

從地上傳來這樣的聲音，於是我姑且讓筋斗雲降低高度。

「因為我用探測魔法發現有殺手袋鼠，就把牠們收拾掉了。」

聽到我這麼說……那兩人頓時面面相覷。

「殺手袋鼠……是那麼簡單就能打倒的魔物嗎？」

「或者應該說，為什麼可以攻擊到那麼遠的距離呀？」

兩位分別從不同的觀點向我吐槽。

……關於攻擊距離，單純除了「因為金箍棒可以伸得到」之外，我也不知道怎麼說明啦。

既然連月球都可以伸得到了，沒有道理無法擊中視野範圍內的敵人吧。

我如此想著，並且向那兩人說道：

「那麼我稍微去回收一下殺手袋鼠的屍體囉。我剛才已經確認過這附近沒有魔物了，請兩位放心往前進吧。」

丟下這句話後，我便加快筋斗雲的速度，前去回收殺手袋鼠的屍體。

關於殺手袋鼠的屍體，我打算就給那兩個人。

畢竟只要趁類似這種時候賣她們一些人情，就能夠更降低我承認自己是馴魔師時的難度了。

回收完回來後，我從收納魔法拿出殺手袋鼠的屍體。

「這個就給兩位，看妳們是要賣掉或拿去做什麼都可以。」

我向她們這麼說道……可是不知道為什麼，那兩人都一直僵著表情。

正當我疑惑究竟怎麼回事的時候……她們兩人忽然大叫：

「那、那朵雲會不會太快啦？」

「不但可以飛在空中，速度又比馬還要快……請問精銳學院的學生都擁有那麼誇張的魔道具嗎？」

……原來是這點啊。

「呃、那種事情就先放到一邊……這些請拿去吧。」

「哦……哦哦。艾莉亞，妳能收納這些嗎？」

「如果是這個分量，我想應該還可以勉強塞得下……」

我們如此對話後，艾莉亞小姐把兩具屍體收進她的收納魔法中，讓這件事告一段落了。

「那麼，我們繼續前進吧。」

我說著，提升筋斗雲的高度。

過了一段時間後，從地上又傳來那兩人的聲音。

「啊，剛才莫名其妙就順勢收下來了……但殺手袋鼠本來應該是瓦里烏斯的功勞吧？」

「這麼說對喔！怎麼好像我們還在驚訝那朵雲飛得那麼快的時候，不知不覺間就收下來了……是不是還給他比較好呀？」

嗯～我可不曉得她們在講什麼呢～

反正現在也沒有其他魔物……我就來準備一下考試內容吧。

於是我拿出魔法理論基礎的教科書，開始讀起第三章的章節例題了。

◇

太陽要下山的時候，我們找了一處合適的場所紮營，開始享用晚餐。

餐點內容是我從精銳學院的餐廳外帶出來的東西。

畢竟機會難得，我就請艾莉亞小姐和梅希亞小姐也吃吃看了。

精銳學院的餐廳一個月包含外帶在內可以免費提供的餐點只有九十餐，因此如果像這樣分給別人吃，最後就會有幾餐的分量不足……但反正我現在的錢還有兩千萬佐魯以上。

不足的分量只要下次去學院的時候，自己花錢購買補充就行了。

「哦～這就是精銳學院的飯呀。吃起來有聰明的味道呢！」

「……瓦里烏斯先生，請不要太在意。梅希亞她每次說出的感想都很隨便的。」

那兩人都吃得津津有味。

看來餐點很合她們的口味，真是太好了。

就在我如此鬆一口氣，繼續吃飯的時候……艾莉亞小姐很唐突地問起了一件事情：

「話說回來……瓦里烏斯先生是在校生吧？那個……請問你不用去學院上課沒關

係嗎？」

我對她點點頭代替回應，並豎起右手大拇指。

接著把嘴裡的東西都吞下去後，開口回答：

「畢竟只要好好準備考試就能拿到學分。因此出席上課那部分，其實不用太在意也可以畢業的。」

我從收納魔法拿出幾本教科書給那兩人看。

「哇……看起來好難喔……」

「哦~原來只要成為精銳學院生，就可以不用去上課啦。不愧是精銳學院！」

「……梅希亞，我想在這點上，應該是瓦里烏斯先生比較特別吧。」

兩位把教科書還給我之後……我終於開始切入正題了。

「關於明天討伐海克力斯的行動，其實我有一件事想要拜託兩位。」

「哦？」

「什麼事呢？」

「就是……」

我講到這邊先暫停一下，並對高卡薩斯發出精神感應。

『高卡薩斯，你變回原本的大小過來這邊吧。』

如此指示後，高卡薩斯便恢復到原本體長大約一公尺半的尺寸，飛到我身旁。

「哇哇！海克力斯竟然自己跑來了……呃、不對，這是高卡薩斯？為、為什麼？」

「噫！」

見到高卡薩斯出現，梅希亞小姐當場大吃一驚，艾莉亞小姐則是嚇得躲到梅希亞小姐的背後了。

「請放心！這隻高卡薩斯是我的從魔！」

「從、從魔……？瓦里烏斯你不是賢者嗎？」

「難道賢者……也會馴魔嗎？」

果然，講到從魔就會有那樣的反應啊。

不過她們看起來並沒有「感到失望」的感覺。我就繼續說下去吧。

「是的，雖然我平常都姑且裝成賢者……但我本來其實是馴魔師。」

「馴魔師……」

「然後我想拜託兩位的是……這次實際打倒海克力斯的任務，請交給高卡薩斯吧！我希望讓牠們兩隻魔物之間的對決能做出一個了斷，這就是我承接了這份委託的理由。」

我如此說道後……在場最先做出反應的，是高卡薩斯。

『瓦里烏斯，那是真的？我接下來可以跟海克力斯那傢伙徹底分個勝負了嗎！』

……我搞不好是第一次看到高卡薩斯如此激動的反應。

『沒錯。這麼說來，我好像還沒跟你講過啊……現在我就是在拜託那兩人不要打擾你們的戰鬥，所以你稍微安靜一下。』

『哦……哦哦。』

高卡薩斯立刻退了下去。

幾乎與此同時，梅希亞小姐對我提出問題：

「也就是說，咱們到時候不要出手比較好嗎？」

「是的。至少到那兩隻其中有一方認輸之前。」

哎呀，雖然我認為高卡薩斯會認輸的可能性幾乎沒有就是了。

「咱們是沒問題啦。其實這樣講也有點奇怪，不過……畢竟我們打從一開始就有點懷疑在對付海克力斯的時候，咱們是不是真的能幫上忙呀。對不對，艾莉亞？」

「……我也……沒問題的……」

……那就決定啦。

這次的討伐行動中最大的疑慮獲得解決了。

「那麼，今天時間已經很晚了，我們差不多就寢吧……啊，站哨的工作我已經交給另一隻從魔巴力西卜負責了，所以今晚兩位可以安心就寢沒有關係。」

雖然正確來講，巴力西卜並不是我的從魔啦。

但這部分講起來感覺又會很複雜，所以我就粗略說明帶過了。

「居然不只高卡薩斯，連巴力西卜也……你的從魔會不會太豪華啦？」

「這就是……精銳等級……」

……總覺得艾莉亞小姐的感想也變得像梅希亞小姐了。

我想著這種事情……並躺到筋斗雲上，發動天候保護罩。

「等等！那竟然還可以變成寢具嗎！」

我好像聽到了什麼聲音，不過……晚安囉。

◇

隔天早上。

我們吃著精銳學院餐廳的餐食當成早餐……而就在我們吃完的時候，海克力斯飛來了。

這麼說來，高卡薩斯好像一大早就在施放感覺是威嚇用的魔力……原來是為了把海克力斯引過來啊。

真是感謝，這下省事多了。

第34話◆命運的對決

海克力斯來到近處後……高卡薩斯就像在對牠表示「跟我來」似的，用角往遠處比了一下。

那兩隻甲蟲就這樣飛了一段距離……到一處稍微比較空曠的地方，降落到地面上互相對峙。

這時候，我已經發動了馴魔師的魔法『精神感應共享』。

高卡薩斯和海克力斯都是屬於智力很高的魔物。

就算牠們接下來要以拳……不對，以角對話，在那之前也應該會先互道兩三句才對。

由於大多數的魔物在身體構造上都沒有辦法利用聲帶講話，因此智力較高的魔物之間若要交談，多半都會使用精神感應。

而如果自己的從魔會使用精神感應，馴魔師就能透過專用魔法竊聽對話。

另外也有一種魔法是用來竊聽人類之間的通訊魔法，而利用那樣的魔法當然同樣可以聽到魔物之間的精神感應對話。

不過那是別種職業的專用魔法。

身為馴魔師的我沒有必要特地去使用魔力效率較差的魔法。

『高卡薩斯，好久不見啦。我才想說你怎麼忽然從千年樹消失蹤影……你到底是跑哪去了？害我找了你好一段時間啊。』

『抱歉抱歉。我跟一個人類締結了從魔契約……所以就離開千年樹了。能夠在這裡跟你重逢，我可是很高興喔。』

結果，海克力斯的表情頓時變得有點扭曲……的樣子。

呃，雖然甲蟲類魔物的表情並不是那麼簡單可以區別的啦。

只是我莫名感受到了那樣的氛圍。

『從魔……？我可不認為堂堂高卡薩斯會隨隨便便締結那樣的契約。回報是什麼？你說說看。』

『那種事情……你居然要我用講的？真是無趣的傢伙。跟我交手看看你就知道啦。不要再廢話了，放馬過來。』

『原來如此……原來如此。』

這段精神感應之後……兩隻甲蟲緊接著振動起牠們的翅膀。

……終於要開始了。

我這時不經意轉頭……發現艾莉亞小姐跟梅希亞小姐，不知什麼時候跑到我背後了。

她們互相抱著對方肩膀縮在一起……大概是為了不要打擾到那兩隻的戰鬥吧。真是感謝她們呢。

至於巴力西卜則是在筋斗雲上睡覺。

與其說是因為牠站哨一整晚累了……感覺不如說是在鬧彆扭的樣子。

我猜八成是高卡薩斯跟牠說過「今天的戰鬥你不准出手」之類的話吧。

雖然有點可憐……但這次也只能請牠忍耐了。

我這樣想著，並再度把視線轉向高卡薩斯與海克力斯。

隨著「喀鏘！」一聲，兩隻甲蟲的角互相扣在一起了。

高卡薩斯接著發揮出彷彿要把海克力斯的角折斷似的力道夾住對手。

這下看來很快就會分出勝負了。

我本來是這麼想的，可是……下個瞬間，海克力斯的眼睛忽然綻放出教人毛骨悚然的紅色光芒，把高卡薩斯的身體翻轉了一百八十度。

『你很行嘛。』

高卡薩斯如此說著，一口氣飛向空中，不給海克力斯有追擊的機會。

稍遲一拍後，海克力斯也追了上去。

接著，雙方便開始上演一場激烈的空中戰鬥。

高卡薩斯與海克力斯以最高加速互相衝撞造成的衝擊波，強勁得甚至颳到在遠處觀戰的我們。

那樣強勁的衝擊波一次又一次颳來，讓我忍不住用手臂掩住臉部了。

「到底是哪個公會職員把這種怪物指定為B級的啦！」

「眼、眼睛完全跟不上……我該不會是在做什麼惡夢吧？」

梅希亞小姐與艾莉亞小姐都被嚇得完全畏縮了。

……不，講說是惡夢也太過分了吧？

我倒是覺得可以看到這麼一場激烈的戰鬥頗有趣地說。

……雖然現在的高卡薩斯與海克力斯的戰鬥會如此激烈，是一件很奇怪的事情啦。

不過這個問題等一下再去想吧。

好一會後，連續的衝擊波總算平息下來，於是我放下掩住臉部的手臂一看……發現那兩隻甲蟲浮在半空中，互相都用角抓住了對方。

牠們就這樣持續懸停空中好幾秒。

在一片只聽得到振翅聲響的景象中……海克力斯的眼睛又再次發出紅光。

「咕喔喔喔喔喔！」

牠伴隨響亮的吶喊聲──抓著高卡薩斯快速旋轉起來。

「龍捲風嗎……喂喂喂，這也太誇張了吧！」

「拜託饒了我們呀！」

海克力斯旋轉的速度越來越快，旋風半徑也越來越大……最後甚至連我都快要被颳走了。

「這樣就沒問題了！」

我坐上筋斗雲，一口氣注入大量魔力擴大天候保護罩的半徑，掩護艾莉亞小姐與梅希亞小姐。

「得、得救啦……」

「那朵雲還真的很方便呢……」

那兩人都癱坐到地面上了。

就在這時……

「咕喔喔喔喔喔！」

這次換成高卡薩斯發出吶喊。

緊接著，牠在海克力斯的旋轉之中搶奪了主控權。

兩隻甲蟲因此切換成以高卡薩斯的角為軸心的旋轉動作了。

加快旋轉速度的同時……高卡薩斯把海克力斯轉到下方朝地面急速下降，讓海克

力斯撞得全身都陷入地面。

大概是把對手撞進地面的同時，高卡薩斯發動了什麼雷電魔法，在牠們周圍爆出了好幾道閃電。

然後……

『我、我投降。高卡薩斯，是你贏了。』

海克力斯終於認輸了。

『瓦里烏斯，看到沒！靠你的魔法進化過的我果然強大！海克力斯根本就不是對手啊！』

高卡薩斯表現得極為開心。

……大概是打贏宿敵的喜悅，讓牠完全沒有注意到問題的樣子。

這次的戰鬥確實整體上來看是高卡薩斯占了優勢……但老實講，海克力斯面對覺醒進化過的高卡薩斯竟然能夠拚到那種程度，這本來是不應該會發生的狀況。

『的確是一場精采的戰鬥喔。可是在剛才的戰鬥中，你有沒有感到什麼地方怪怪的？剛才的海克力斯比四年前剛完成進化的你還要強。你不覺得這件事本身很不自然嗎？』

『……唔。』

被我如此提醒後，高卡薩斯似乎也總算注意到異常了。

……雖然這樣好像給牠勝利的喜悅潑了一桶冷水，讓我覺得很不好意思啦。

但是在應該還沒有人知道覺醒進化的這個世界上，竟然會有甲蟲類魔物能夠與覺醒高卡薩斯匹敵。這樣的事態可不能放著不管。

我必須立刻找出原因才行。

畢竟我也掌握了海克力斯可能有經過不當強化的證據。

雖然覺得非常麻煩……不過我就來尋找幕後黑手吧。

第35話◆被解除的封印

好啦，這下該怎麼辦？

若只是想找出幕後黑手，把海克力斯放回去後用千里眼監視牠就可以了……但是對於幕後黑手的真面目，如果沒有任何事前情報感覺也很不放心。

有沒有什麼獲取情報的方法呢……

正當我這樣思索的時候，忽然收到阿提米絲的通話。

『瓦里烏斯，可以打擾一下嗎？』

『呃～我現在有點事情……很急嗎？』

『不，也不算是什麼急事啦……只是有件事情我一直猶豫要不要跟你講。但現在那件事已經稍微穩定下來，所以我想說就告訴你一聲。』

阿提米絲的語氣莫名不太乾脆。

雖然老實講現在的狀況沒什麼時間……不過總覺得她要講的好像是什麼很重要的事情。

我就稍微聽聽看吧。

『如果講起來會很長，我等一下再慢慢聽妳說。但如果不長……拜託妳簡短說明吧。』

『其實呀，我上次把你轉送到那根會伸縮的棒子上之後，稍微過了一段時間……麒麟的身體狀況忽然變差了。』

『……妳說麒麟？』

我一時還以為自己聽錯了。

麒麟嚴格上來講並不是生物，所以應該完全不會有生病之類的狀況才對……然而唯有一個條件會讓麒麟的身體狀況變差。

難道是那個狀況發生了嗎？

總之先讓阿提米絲說明得更詳細一點吧。

『到底發生了什麼事？』

『我那時候馬上讓麒麟回去了。然後等牠回去後，我一直透過千里眼為牠看病……牠難受呻吟了整整一天之後激烈嘔吐，後來就逐漸康復了。』

『這樣啊……』

嘔吐。看來真的發生了我剛剛猜想的狀況。

聽完阿提米絲的報告，我不禁抱頭苦惱起來。

麒麟對於我們馴魔師來說，是掌管素材交換與覺醒進化等等重要事項的神性存在……但其實牠的工作不只如此，另外還負責一項很重要的任務。

麒麟能夠將危害人類的邪神關在自己體內，扮演「四神封印」的角色。

牠會將如果放著不管，最壞的狀況下搞不好會讓人類滅絕的災厄吞進體內，藉此守護人類。

不過被麒麟關在體內的邪神們當然也不可能完全不抵抗。

隨著一段固定的週期，麒麟的身體會到達極限而透過嘔吐解放邪神。

現在恐怕就是麒麟的那個「週期」到來，把一尊邪神放出來了吧。

就在我如此思考的時候，阿提米絲接著說道：

『我本來並沒有要瞞著你的意思。或許我應該要再早一點告訴你比較好……只是我希望等狀況稍微穩定一點，所以到現在才告訴你了。抱歉。』

『不，沒關係。我剛才說我現在有點事情在忙……不過多虧聽完妳剛才這些話，反而讓現在這件事情似乎能更快獲得解決了。謝謝妳。』

『是這樣嗎？那就好。』

沒錯。

其實邪神被解放和海克力斯受到強化這兩件事情，也許並非完全沒有關係。

雖然說兩者實際上有沒有關係，必須要看四尊邪神之中，是否真的是我所推想的那傢伙被解放出來而定……但這點就算問阿提米絲應該也沒用。

畢竟麒麟似乎已經逐漸康復了，如果召喚上沒有問題，就把牠召喚出來問個詳細吧。

『麒麟現在的狀況看起來可以召喚嗎？』

『嗯～畢竟牠好像已經康復許多……我想應該可以召喚吧。』

『了解。』

我這麼回應後，切斷和阿提米絲的通話。

好啦，接下來是麒麟了。

雖然上次我因為交換素材以外的理由把牠叫來，結果被罵了……但畢竟這次的原因是出在麒麟身上，我想牠態度應該也不會太強勢吧。

「麒麟啊，現身我眼前……做一場互惠互利的交易吧。」

我詠唱起那段例行的咒語。

「呃，詠唱魔法？為什麼？」

「話說那是什麼魔法呀？總覺得好像冒出我從沒聽過的詞彙……哇！什麼東西跑出來了！」

在我背後的艾莉亞小姐跟梅希亞小姐嘰嘰喳喳講著，但我現在沒什麼時間跟她們解說了。

『汝所求之物，是覺醒進化素材，還是增味劑？』

麒麟還是老樣子在我腦中響起這樣的聲音。

嗯，看來牠已經完全康復了。

『不，兩者都不是。我這次把你叫來是有事情要問你。』

『有事情要問我？』

『對……你是不是解除了朱雀的封印？』

聽到我這麼說……麒麟再明顯不過地慌張起來。

被我說對了。

『呃……那個……』

『我不會生氣，所以你老實回答。』

講完之後我才發現不太妙。

這完全就是會生氣的人講的話嘛。

雖然我壓根沒有要拿麒麟出氣的意思啦。

我本來還如此擔心的……不過麒麟恢復冷靜了。

『沒錯，封印到達極限……所以朱雀被解放了。』

『果然是這樣。』

完全一如我的猜想。

封印在麒麟體內的邪神從「四神」這稱呼就能知道有四尊——朱雀、玄武、青龍、白虎。而當中的朱雀是擅長「將魔物強制改造後成為自己強大手下」的邪神。

海克力斯在戰鬥中眼睛發出的紅色光芒，想必也是那個改造所造成的影響不會錯。

『應該沒有其他四神被解放吧？』

『沒有。』

『是嗎？那總之，朱雀就交給我處置吧。你可以回去了。』

說到做到。

我盡可能用冷靜的聲音說著，讓麒麟回去。

然而……麒麟在離去之前，卻對我講出了這樣的話……

『呃～在那之前，我有一件事情想要拜託汝……』

『什麼事？』

『如果可以，我希望藉由汝之手，利用神通力消滅朱雀。』

麒麟的發言讓我不禁感到奇怪。

包含四神在內，所謂的「神」即使能夠用強大的魔法「殺掉」，應該也不可能把存在本身「消滅掉」才對。

就算能夠暫時消除，由於靈魂會殘留的緣故，所以必定會再度轉世。

四神明明是礙事的存在，卻僅只被封印在麒麟體內，便是基於這樣的理由。
無關乎殺害的方法如何，這樣的事實應該都不會改變才對……為何麒麟要對我如此指定？

『為什麼？』

『所謂的神……唯有具備神之力量的人類才能夠完全消滅。』

對於我的詢問……麒麟竟說出了如此衝擊性的事實。

原來是這樣。

沒想到世上居然會有把神完全消滅的方法。

哎呀，畢竟條件實在太過特殊，一般人就算知道也沒有意義，而且又無從驗證情報的真假，因此不為人知也是當然的吧。

但現在我難得符合這個條件……沒有道理不挑戰看看。

『原來如此。那我就盡我所能啦。』

『拜託你了。』

麒麟留下這樣一句話，便消失了身影。

第36話◆處置幕後黑手——前篇

這下不只是幕後黑手的真面目，就連對付的手法都已經完全知道，剩下只要尾隨在海克力斯後面就行了。

然而……要這麼做，必須先把海克力斯放走才行。

在這點上好歹也要先徵求小隊夥伴的同意吧。

「艾莉亞小姐，梅希亞小姐，我希望現在暫時把海克力斯放走。冒險會變得比原先預定的行程還要長……還請兩位原諒。」

「那是沒關係啦……可是為什麼？」

梅希亞小姐二話不說就答應了我的請求。

真是感激不盡。

為了顧及最起碼的道義，我還是把重點的部分仔細向她們說明吧。

「剛才海克力斯的強度遠遠超越了牠本來的力量，這也就是說海克力斯被什麼人不當強化的意思。如果沒有把那個源頭抓起來，問題就無法獲得根本性的解決。因此我接下來想要把那個幕後黑手拖出來。」

聽到我這麼說，那兩人頓時面面相覷。

「真的假的……我才想說那個強度根本不只B級而已……原來是被強化過了。」

「話雖這麼說，但高卡薩斯先生卻始終占有優勢呢。」

艾莉亞小姐說著，把視線轉朝高卡薩斯。

「那是因為我的高卡薩斯有經過覺醒進化……簡單講就是像馴魔師的強化魔法。」

「原來馴魔師能夠辦到那種事情呀……」

連我都覺得自己的說明實在有夠不嚴謹的。

但反正對方似乎接受了我的講法，那就這樣吧。

「那麼你說要暫時把海克力斯放走，意思是要跟蹤牠對不對？那麼強的傢伙，有辦法跟在後面都不被發現嗎？」

「關於這點請交給我沒問題。」

對於梅希亞小姐的問題，我胸有成竹地如此回答。

她的疑問其實很有道理。

即使是我，如果用普通的方法跟蹤海克力斯，也不可能不被發現。

然而……現在的我有神通力。

就算海克力斯再怎麼強，肯定也無法對千里眼做逆向探測。

如此這般，既然跟隊友們已經講好了……接下來就把海克力斯放回去吧。

『高卡薩斯，你跟海克力斯說，叫牠回去。』

我透過精神感應如此拜託高卡薩斯。

甲蟲類魔物雖然自尊心很高，但相對地如果輸了就不會違逆勝利者說的話。

我想海克力斯八成有被動過什麼手腳，無法做出正面背叛朱雀的行為……但是像這種乍看之下不算構成背叛的命令應該就會服從才對。

就在我如此思考的時候，高卡薩斯轉朝海克力斯的方向。

『海克力斯，你回去。』

『……那就是你身為勝利者的要求嗎？未免太輕了吧。』

『……快點照做。』

『好啦。』

就這樣……不出所料，海克力斯一下子就答應了。

緊接著，牠從地面爬出來後，便發出振翅的聲響一口氣飛向遠方。

好，開始尾隨。

我發動千里眼，追蹤海克力斯。

……嗯，看起來應該沒有被發現。

到目前為止，計畫都算順利。

就在我這樣繼續監視的時候……梅希亞小姐問我：

「我說，瓦里烏斯……你覺得那個把海克力斯強化的傢伙是什麼樣的人物呀？會不會擁有什麼大規模的祕密基地之類的？」

「不，我想應該沒有吧。幕後黑手的真面目，是從我剛才召喚出來的那個像是龍馬牛合體的存在所施加的封印中逃出來的傢伙……那傢伙即使沒有任何設備，也能夠強化海克力斯。」

畢竟我可沒聽說過朱雀會蓋什麼基地。

而且朱雀被解放是大約一個禮拜前的事情，想必根本沒有什麼時間建設基地吧。

「原、原來如此……那如果海克力斯回到了那傢伙的地方，我們就要馬上動身去跟對方交手了是嗎？」

「沒錯。」

我確認海克力斯達到了最高速，並如此回應。

現場接著沉默一段時間後……梅希亞小姐用忽然變得低沉的聲音講出這樣的話：

「……吶，咱們兩個……在跟那個幕後黑手交戰的時候，會不會很累贅呀？」

「……為什麼要那麼說？」

「呃，咱們雖然在C級之中是屬於對實力比較有自信的人，也因此參加了這次的小隊……但現在事態已經演變到不管怎麼想，都不是一般相當於B級實力的小隊能夠應付的程度了吧？」

……原來如此，她是在擔心這種事。

這麼說確實也有幾分道理。

朱雀雖然能夠創造出強大的手下，但朱雀本人的戰鬥力其實並不算什麼……然而如果實力是連討伐殺手袋鼠都很花時間的程度，很抱歉，我實在不得不說有點累贅。

可是……這種話很難講出口啊。

畢竟艾莉亞小姐和梅希亞小姐都是輩分比我高的冒險者前輩。（雖然說如果把轉世前也算進去，我才叫前輩就是了。）

有沒有什麼方法可以講得比較委婉一點呢？

我稍微思考了一下後，開口說道：

「其實也不累贅啦……不過我打算一發現那個幕後黑手就立刻坐這朵雲全速追上去。因此雖然很抱歉，但我到時候可能會丟下兩位，自己先走喔。」

我把焦點從戰鬥轉移到移動手段上。

光是這樣，那兩人心理上受到的打擊應該就會減輕許多才對。

「啊～你追上殺手袋鼠時用過的那個超高速移動是吧。」

「畢竟要是讓幕後黑手逃掉就傷腦筋了……請不用在意我們，你儘管先走沒關係。我們會為你加油的。」

看來順利如我所想，沒有傷害到她們自尊心的樣子。

對了。

既然都講到這個話題，我就順便向她們確認一件事吧。

「另外還有一點就是……我想這次的幕後黑手在被解決掉的時候應該會消滅得不留下一點痕跡。也就是說，到時候不會有任何關於幕後黑手的證據……這樣沒關係嗎？」

「沒問題。我相信你。」

「我也是。」

畢竟根據麒麟的說法，當我用神通力討伐朱雀後，朱雀似乎會完全消滅。

我本來還擔心萬一被她們兩人懷疑「你根本沒有討伐什麼東西嘛」的話，該怎麼辦……不過這下看來沒有問題了。

雖然說，即便她們抗議「不可以那樣」，在這點上我也無可奈何就是了。

總之，這樣一來我就可以沒有後顧之憂地處置朱雀啦。

正當我這麼想的時候……千里眼看到海克力斯終於接近了應該是幕後黑手的人影。

於是我把千里眼聚焦到那個人影上。

結果……我發現了一件事實。

……那不是朱雀本人。

我上輩子曾經有一次利用凝視魔法看過被封印在麒麟體內的朱雀……那傢伙頭上可沒有什麼圓環。

我猜那恐怕……是朱雀的使徒，墮天使薩魁爾吧。

不過，反正不管怎麼說都必須去解決掉才行。

薩魁爾也擁有跟朱雀類似的能力，因此同樣是這次的幕後黑手。在這點上沒有改變。

「跟蹤完成。那麼我出發了。」

留下這句話後，我便讓筋斗雲加速了。

第37話◆處置幕後黑手——中篇

飛了一段距離，等到看不見艾莉亞小姐與梅希亞小姐的身影後，我從收納魔法中拿出露娜金屬製的劍。

梅希亞小姐是一名劍士。

她要是看到我用露娜金屬製的劍戰鬥，恐怕會產生興趣吧……但很可惜的是，如果沒有神通力，這把劍根本沒辦法當成武器使用。

然而我要是跟她講「請妳先去救助神明，然後請對方給妳力量」這種話，她搞不好會認為我是在拐彎抹角拒絕傳授她劍術。

因此我剛剛才沒有當著她們的面拿出這把劍。

簡單講，這是為了避免讓梅希亞小姐誤會受傷才這麼做的。

……言歸正傳，關於討伐薩魁爾的行動……我想由我跟他一對一單挑應該就沒問題了。

薩魁爾由於是朱雀的輔佐，因此跟朱雀同樣擁有「創造強大手下」的力量。

然而相對地，薩魁爾本人的戰鬥力甚至比朱雀還要弱。

如果對手是朱雀，我本來還想說要在高卡薩斯輔助下交手……不過以我現在的戰鬥能力來講，若對手是薩魁爾就沒有那種必要了。

畢竟我平常總是容易把戰鬥交給從魔，偶爾也會想要靠自己一個人擊敗看看實力到達某種程度的強敵嘛。

就這麼辦吧。

正當我想著這些事情的時候……我一邊移動的同時，也一邊繼續用千里眼監視的海克力斯與薩魁爾有動靜了。

他們忽然開始慌張起來。

看來這時候他們才總算發覺我在跟蹤的樣子。

但是已經太遲啦。

照薩魁爾的個性，為了不讓手下海克力斯背叛自己，他應該有對海克力斯施加什麼制約。

至於制約內容……如果跟朱雀一樣，大概就是「背叛即死」吧。

只要自己人不會背叛，對策上就完美無缺了。

薩魁爾恐怕是這麼想的。

然而那正是他最大的失算。

我能夠在不被海克力斯發現之下成功尾隨牠，對於薩魁爾來說是一項致命性的失誤——結果就是他現在那樣慌張失措的模樣了。

我繼續監視著薩魁爾……看到他把海克力斯配置到迎擊我們的位置上。

見到那一幕，我對高卡薩斯說道：

『高卡薩斯，不好意思，可以請你再跟海克力斯打一場嗎？』

『我是沒差啦……可是為什麼？』

『現在的海克力斯很有可能背負著某種制約，要是背叛牠的支配者就會當場喪命。若想讓牠活下去，就必須在殺死那個支配者之前有誰負責跟海克力斯交手才行。』

高卡薩斯如果命令海克力斯對我們的戰鬥袖手旁觀，海克力斯或許會服從。

但那樣一來，海克力斯就會遭受薩魁爾的處罰。

畢竟在這次的狀況中，嚴格上來講海克力斯並沒有做錯什麼。

因此我希望盡可能讓牠活下去。

雖然說，我們原本來到這裡的目的是為了討伐海克力斯的任務啦……不過哎呀，那並不是現在要去思考的問題。

現在要把注意力集中在眼前的事情上。

『海克力斯的支配者，我會負責殺掉。所以你想辦法讓海克力斯不要來干擾我和那個支配者的戰鬥，在跟牠交手的方法上稍微下點功夫。』

『了解。』

『為了高卡薩斯的戰鬥，已經在剛才分出勝負了。所以巴力西卜這次也可以加入戰鬥沒關係喔。』

『……呃，真的？好耶好耶！』

就這樣，當我們分配完各自在這次的戰鬥中要負責的部分後……

我們總算來到了可以用肉眼看見海克力斯與薩魁爾的距離。

幾乎與此同時……海克力斯展開了強大的結界。

不管怎麼樣都要阻止我們正面突破是吧。

確實，如果我們想要破壞那道結界，就算高卡薩斯使出全力，肯定也需要花上幾秒鐘的時間。

如此一來，我就幾乎不可能乘著筋斗雲的速度直衝到薩魁爾的地方了。

不過……正因為他們把全力都放在正面對策上，**背後完全放空了**。

「得手啦。」

我如此呢喃的同時……發動空間轉移，獨自一人繞到薩魁爾背後。

接著把神通力注入露娜金屬製的劍，砍向他脖子。

「——！」

大概是察覺我的氣息，薩魁爾趕緊把身體一扭……但他的脖子還是被我砍了將近一半。

「為什麼……你這傢伙竟然會用空間轉移……！」

薩魁爾睜大眼睛如此大叫。

接著……他確認自己受到的傷，當場氣得全身顫抖起來。

「你這混帳……難不成想殺死我！」

看來光是剛才這一劍，就讓薩魁爾確定我是具備神通力的人類了。

「該死的麒麟……終於下殺手鐧了嗎！」

薩魁爾的眼神綻放出完全搞錯對象的怒光。

我的神通力是來自阿提米絲啊。

「要死的是你！」

薩魁爾怒吼的同時，對我射出大量神通力凝聚成的能量彈。

……太慢了。

看到他這招，我頓時產生這樣的感想。

薩魁爾光是射出一發能量彈的時間，孫悟空就能用金箍棒刺好幾十下了。

那種攻擊速度，看在我眼裡簡直和靜止沒兩樣。

雖然說我的身體能力也還沒有恢復到轉世之前的水準啦……不過他這種程度的攻

擊，我只要發揮全力的一半程度做身體強化就能全部躲開了。

躲避完薩魁爾的能量彈之後，我重新把劍舉起來。

「那麼這招如何！」

薩魁爾大叫後，他的動作速度忽然加倍。

……不，錯了。

這應該是他透過「時空干涉」減緩了我的時間流速吧。

大概是確定自己即將獲勝，薩魁爾撲向我，準備抓住我的頸部。

然而……

「沒用的。」

我把身體強化的力量從一半提升到全力……恢復原本的速度，對薩魁爾使出反擊。

同時，薩魁爾的右手臂飛了出去。

「嗚啊啊啊啊啊啊啊！」

他壓著被砍斷的部分，發出呻吟。

「下一劍就讓你結束。」

我說著，再度把劍舉起。

結果——

「我……我怎麼能死在這種地方！」

薩魁爾如此大叫後……從我眼前消失。

是空間轉移啊。

但他想必沒有逃到多遠。

畢竟他剛才光是把我的時間流速減緩到二分之一，就似乎已經很吃力了。

他對神通力的熟練度想必沒有高到能夠逃到多遠的程度。

我如此判斷並環視周圍……看到了一個誇張的景象。

「糟、糟了！」

這麼大叫的薩魁爾……或許是沒有好好確認轉移的目的地，結果身體有一半埋在樹幹中了。

第38話◆處置幕後黑手——後篇

「別、別過來啊啊啊啊啊！」

薩魁爾淚眼汪汪地如此大叫著。

但我依然不以為意地轉移到他近處，把露娜金屬製的劍舉向他。

「朱雀在哪裡？」

我嘗試如此詢問。

「我、我不知道！分頭行動的時候，我沒有聽說朱雀大人要到哪裡去啊！」

薩魁爾用力擺盪著身體沒有被埋住的部分，這麼回答。

……這種事情有可能嗎？

墮天使薩魁爾是朱雀的輔佐，實在很難想像他會跟身為主人的朱雀完全分頭行動。

雖然覺得奇怪……但我決定不要再進一步拷問薩魁爾了。

現在的薩魁爾正陷入錯亂狀態。

如果想要從他口中問出情報，必須先讓他冷靜下來才行。

然而現在讓薩魁爾冷靜下來並不是一個好的決定。

因為天使跟神一樣，就算死了也可以不斷轉世。

也就是說……讓薩魁爾恢復到有辦法自盡的精神狀態，是相當危險的賭注。

反正我本來就不期待能問出什麼東西。

我就殺掉這傢伙吧。

如此決定後，我先用精神感應對高卡薩斯說道：

『高卡薩斯，你差不多開始專心防衛吧。』

要是在薩魁爾被消滅，海克力斯弱化的瞬間讓牠受到高卡薩斯攻擊，海克力斯毫無疑問會當場死亡。

而我做出的指示就是為了避免那樣的事情發生。

『了解。喂，巴力西卜，從現在開始改為專守防衛。』

我聽到高卡薩斯的回應後……把自己最大限度的神通力都注入露娜金屬製的劍，刺向薩魁爾。

「噫呀啊啊啊啊啊啊啊！」

薩魁爾伴隨著臨死前的慘叫聲……身體逐漸變得透明，最後完全看不見了。

嗯，這很明顯不是神或天使的死法。

恐怕這就是所謂的「完全消滅」吧。

正當我這麼想的時候，從近處傳來某種沉重的東西掉到地上的聲響。

於是我轉頭一看，發現是海克力斯全身上下顛倒地落在地面上。

「嗚……」

海克力斯發出虛弱的叫聲。

那樣子看起來是因為來自薩魁爾的強化效果消失，讓牠頓時渾身無力而失去平衡了。

果然「如果薩魁爾消滅，海克力斯也會弱化」的假說是正確的。

既然如此，薩魁爾對牠施加的制約與處罰，現在應該也已經完全消失。

換言之，我現在就可以從海克力斯口中問出，牠究竟受過薩魁爾如何對待等等各種情報了。

『海克力斯，你現在能動嗎？』

總之我先試著用精神感應這麼問牠。

『你是……高卡薩斯的主人啊。沒問題，雖然力量忽然消失讓我嚇了一跳，但至少還可以飛。』

『這樣啊。那我們要回去剛才你跟高卡薩斯交手的那個地方，你也跟我們來吧。』

得知海克力斯至少可以飛之後，我便坐上筋斗雲。

我本來想說如果必須先等牠回復體力，就利用那段時間問牠事情……但既然牠可以飛，那在回程路上順便問就可以了。

緊接著，巴力西卜也坐到筋斗雲上。

可是高卡薩斯卻遲遲不坐上來。

『高卡薩斯，怎麼啦？』

『海克力斯沒辦法坐那個雲對吧？畢竟是久違重逢，既然牠要用飛的跟上來，我想說就陪牠一起飛。』

『這樣啊。』

既然是這樣，也好。於是我讓筋斗雲開始加速了。

◇

『然後呢？海克力斯，我離開千年樹之後，你是怎麼過的？』

回程路上。

我本來想要問海克力斯各種問題……不過看來高卡薩斯跟我抱著同樣的想法，率先詢問。

照這狀況，或許我只要靜靜聽牠們的對話就行了。

『剛開始的一個月左右，我只是一如往常地住到千年樹上。畢竟我想也沒想到高卡薩斯居然會離開森林啊。』

海克力斯緩緩講述起來。

一個月……這麼說來，高卡薩斯好像講過牠跟海克力斯原本是每個月輪流棲息在那棵千年樹上。大概就是在講那件事吧。

『等到一個月的期間過後，我依然留在千年樹上沒有離開。當時我只是覺得可以在千年樹上待久一點真是太幸運了。僅此而已。』

『原來如此。』

『可是……等到經過三個月左右，我也開始感到奇怪了。想說「高卡薩斯究竟是跑到哪裡去了？」這樣。後來我就以千年樹為據點，開始過起到各種地方閒晃的日子。』

『哦？』

……嗯？

這個「到處閒晃的日子」要是描述起來，會不會沒完沒了啊？

如果繼續聽下去，搞不好遲遲都無法切入核心了。

這麼判斷的我，決定稍微插嘴一下：

『兩位，可以打擾一下嗎？如果方便，我希望先聽聽海克力斯和那個支配者相遇之後的事情……』

結果……

『海克力斯，就拜託你聽從瓦里烏斯的要求吧。畢竟那也是我感到最在意的部分。』

『我知道了。那就從那裡開始講起。』

兩隻甲蟲都二話不說地答應了我的要求。

於是海克力斯再度開始描述：

『我和那傢伙是大約六天前相遇的。當時我在這片森林的附近一帶閒晃……結果那傢伙忽然出現在我眼前，問了我一句話：想不想得到力量？』

『嗯嗯。』

『畢竟我們在本能上就是想要獲得更加強大的力量，於是我二話不說便答應了。但是……現在回想起來，那真是錯誤的決定。』

講到這邊，海克力斯精神感應的語調稍微變得低沉。

『就在我回應之後……我的力量確實立刻變得強大……然而就在那時候，我的行動也完全被那傢伙支配了。』

海克力斯的語調聽起來越來越難受。

『獲得強大力量的代價卻是強制勞動，讓我過著被迫狩獵小雜碎的日子，每天當那傢伙的傀儡。明明得到了強大的力量，卻完全沒有機會挑戰強敵。在那樣的日子中，我漸漸變得找不出什麼開心的事情了。』

『那真是……太殘酷了。』

聽了海克力斯的描述，高卡薩斯感到同情起來。

『不過，轉機到來。當高卡薩斯放出威嚇用的魔力波時……不知道為什麼，那傢伙竟然准許我出面戰鬥了。對手的實力不但與我相當，而且又是我長年來尋找的對象，因此這場戰鬥讓我找回了久違的喜悅。』

『所以你才會用那麼快的速度飛過來啊。』

『沒錯。即便最後的結果落敗……那依然是我被那傢伙支配的這些日子中最愉快的一段時間了。雖然說，我那時候想也沒想到你們竟然會幫我打倒那傢伙就是了。我要謝謝你們。』

海克力斯為這段話如此總結。

接著，那兩隻甲蟲又開始愉快地聊起過去的往事。

……強制勞動狩獵小雜碎，是嗎？

公會職員說海克力斯在人類居住的地方搗亂，讓居民們傷透腦筋……那大概也是所謂「強制勞動」的一環吧。

話雖如此，但海克力斯搗亂依然是事實，或許在處刑的意義上必須討伐牠才行……不過看狀況條件，也許可以找出讓牠生存下去的方法。

總之，把這些事情也告訴艾莉亞小姐和梅希亞小姐吧。

就在我如此做出決定的同時……我看見了那兩人的身影。

◇

我把海克力斯告訴我的來龍去脈都轉告那兩人。

結果……梅希亞小姐對我如此提議：

「既然這樣……瓦里烏斯把海克力斯收為從魔不就好了？」

第39話◆海克力斯的待遇

「……請問那是什麼意思？」

我不禁如此回問梅希亞小姐。

我現在在講的應該是海克力斯的狀況有酌量減刑的餘地……為什麼從這個話題會得出要我收服海克力斯這種結論？

就在我感到奇怪的時候，梅希亞小姐開始說明起來：

「瓦里烏斯，你知道討伐委託其實分成兩種嗎？」

「……分成兩種？」

「沒錯。討伐委託中有一種是以魔物的素材為目的的狩獵委託，另外一種是以排除魔物造成的威脅為目的的驅除委託……委託單可以借我看一下嗎？」

聽到梅希亞小姐這麼說，於是我從收納魔法拿出討伐海克力斯的委託單。

看了那委託單後，梅希亞小姐指向內容的其中一處。

「你看。這裡寫著『排除海克力斯魔兜蟲的威脅』對吧？這種寫法就表示，這是一件驅除委託。」

聽了這句話……我也理解梅希亞小姐想說什麼了。

「簡單來講……只要我馴服了海克力斯，從那瞬間開始，海克力斯就不再是對委託人來說的威脅了。因此這樣可以視為達成委託，是嗎？」

「就是那樣。」

梅希亞小姐說著，豎起大拇指。

……原來如此。

也就是說，我原本擔心可能必須把海克力斯殺掉才行，但那其實完全是我杞人憂天了。

至於原本應該可以用海克力斯的素材換錢獲得的酬勞，只要說「我順便狩獵了一隻藍鳳凰」然後拿來補貼，她們應該也能接受吧。

我本來還對海克力斯的遭遇開始感到同情的，不過這下真是太好啦。

然而……還剩下一個問題。

「老實講，我不需要兩隻甲蟲類的魔物啊……」

沒錯。

如果把高卡薩斯和海克力斯都收為自己的從魔，以馴魔師來說是相當荒謬的行為。

覺醒進化的素材要收集起來絕不簡單。
因此馴魔師必須盡可能嚴選自己要馴服的從魔。
然後從魔的組合一般來說，應該要收集各種不同的系統。
馴服第二隻甲蟲類……而且還是自己既有從魔的低階版，講白了根本是多此一舉。
我如此想著，於是決定問問看梅希亞小姐。
「對我來說，我是希望避免再收第二隻甲蟲類魔物當自己的從魔啦……打個比方，如果去拜託認識的馴魔師，讓海克力斯當那個人的從魔，這樣是不是也可以算達成委託？」
結果……梅希亞小姐露出有點苦惱的表情。
「呃，那樣也是可以達成委託沒錯啦……但我猜那個馴魔師搞不好也會要求分到一部分的酬勞喔？」
……原來如此，那我就拿兩隻藍鳳凰出來吧。
我如此想著……可是在提議之前，艾莉亞小姐先開口了。
「那個……我的妹妹，是馴魔師……如果不介意，要不要讓她收養呢？」
艾莉亞小姐說完之後，又「不好意思，好像多管閒事了……」地把頭低了下去。
不過梅希亞小姐聽到那句話，則是當場露出開心的表情。

「對了，聽妳這麼說我才想起來！如果是讓艾莉亞的妹妹收下，我也贊成！」

梅希亞小姐似乎非常接受這項提議。

「那就這麼辦吧！」

於是我也心存感激地如此回應。

「可、可是，是海克力斯喔？雖然是我自己提議的……但真的讓我妹妹收下沒關係嗎？」

艾莉亞小姐感到不安地如此向我確認。

「應該說，要是妳們不收下，我反而比較傷腦筋……啊，當然如果妳妹妹表示不想收，我會再重新考慮……」

「我想我妹妹絕對會很高興的。」

就這樣，小隊成員之間討論關於如何處置海克力斯的問題，最後意見一致。

剩下就看本人的意願了。

『海克力斯，我有件重要的事情要跟你討論。』

我用精神感應對海克力斯如此說道。

結果……教人驚訝的是，海克力斯就像完全理解狀況似地回應我：

『就是我本來應該要被殺掉，但只要成為那女孩的妹妹的從魔，就能免於一死的事情對吧？』

『……為什麼你會知道？』

『高卡薩斯那傢伙似乎已經可以聽得懂人類的對話，所以剛才幫我翻譯了。』

……真的假的？

「高卡薩斯，那是真的嗎？」

我故意不用精神感應而用口頭如此詢問。

『是真的。』

哦？他是什麼時候學會的？

不過這樣一來就能馬上切入主題了。

『那麼就海克力斯來說，你覺得這個提議如何？』

要成為從魔，還是死？

雖然正常來想應該都會選擇前者……但海克力斯才剛從薩魁爾的殘酷支配之中逃出來。

就算牠主張與其又要受到誰的支配還不如一死，其實也不奇怪。

我只能期待海克力斯會選擇前者並如此詢問了。

『我願意接受。畢竟根據高卡薩斯的說法，我原本的支配者似乎只是最糟糕的特殊案例。高卡薩斯看起來在你的地方就過得非常滿足的樣子，我也想賭賭看那樣的可能性。』

海克力斯的回應相當正面。

看來是高卡薩斯很巧妙地幫我說服了牠。

實在感激不盡。

我如此想著……並告訴艾莉亞小姐：

「這邊也徵得海克力斯的同意了。牠願意成為妳妹妹的從魔。那麼接下來的事情就按照這個方向處理吧。」

就這樣，我們踏上返回梅爾克爾斯的歸途了。

第1章最終話◆大團圓

太陽快要下山的時候。

我們平安返回梅爾克爾斯的街上——來到艾莉亞小姐的家門前。

「那我去把妹妹叫來喔！」

艾莉亞小姐說著，快步跑進家中。

不久後……她帶著一位黑髮少女從家裡走出來。

「大哥哥，快給我海克力……初次見面，請多指教。」

少女充滿期待地開口說到一半……被艾莉亞小姐提醒而趕緊鞠躬問好。

「不用那麼僵硬啦，放輕鬆。」

我說著，叫海克力斯到少女面前。

「哇！好帥氣！」

見到海克力斯接近，少女大為興奮起來。

「……啊，從魔契約對吧？我知道了～」

或許是被海克力斯催促的緣故，少女立刻回神，發動從魔契約魔法。

結果就跟我馴服高卡薩斯的時候一樣，從魔契約魔法一下就成功了。

這時我忽然想到一個問題，於是詢問高卡薩斯：

『高卡薩斯，我問你一件事……你在說服海克力斯的時候，有提到飯很好吃之類的事情嗎？』

這星球上的人還不知道麒麟的存在。

因此想當然也還不曉得增味劑或魔獸果凍之類的東西。

如果高卡薩斯把那部分的事情告訴了海克力斯，那我就必須把麒麟召喚魔法也告訴艾莉亞小姐的妹妹才行了……

『嗯，我有提到。』

……有提到啊。

那就沒辦法啦。

反正我本來就打算遲早有一天要把這個魔法傳播出去。

這次就當作是稍微提早收了第一位徒弟吧。

如此決定後，我從收納魔法中拿出藍鳳凰的屍體。

接著……

「如是切。如是斷。本末究竟等。」

我用前世的僧侶一派——蒼華宗所開發的僧侶用真・詠唱魔法把藍鳳凰的屍體切成了兩半。

「那是啥魔法啦！」

見到我的魔法，梅希亞小姐頓時瞪大眼睛。

「這是僧侶的魔法。」

「瓦里烏斯……你到底是馴魔師還是賢者，拜託弄清楚一點行不行……」

在梅希亞小姐感到傻眼的同時，我把切開的藍鳳凰屍體其中一半收回收納魔法，並走近少女面前。

「如果妳要養海克力斯，有一個魔法我希望妳可以記住。」

「什麼魔法～？」

「等我一下喔。」

我說著，從收納魔法中拿出紙筆，寫下麒麟召喚的詠唱咒語。

接著把那張紙交給少女。

「妳唸唸看這個。」

「麒麟啊……現身我眼前……做一場互惠互利……的交易吧。」

雖然不是很順暢，不過少女還是把咒語詠唱到最後。

結果……一如往常，麒麟現身了。

「……哇！腦袋裡怎麼好像忽然有聲音？我該怎麼辦？」

「不用慌張。只要在腦中默念『增味劑』就可以了。」

我如此告訴慌張起來的少女後，沒過多久……便有一處空間出現了扭曲。

「做得很棒喔。那接下來，妳去把那個丟進出現扭曲的地方。」

我指著放在地上的藍鳳凰屍體，做出指示。

「我知道了！」

少女很有精神地回應後，按照我所說的去做。

接著不久後……出現了兩個瓶子。

看來交易成功了。

雖然因為當成供品的魔物分量較少，所以瓶中裝的量也比較少就是了。

正當我感到放心的時候……不經意和麒麟對上了視線。

『搞什麼，原來汝也在啊。』

『朱雀還沒打倒喔。不過薩魁爾已經消滅了。』

『這樣啊！後續就再拜託你了。』

麒麟留下這句話後，便消失身影。

我則是繼續向少女說明起來：

「這個東西叫作增味劑。只要加進海克力斯吃的餐食裡面，牠就會吃得津津有味

囉。」

「是喔～！」

「沒錯。如果用到不夠了，妳就再用剛才的魔法，把魔物當成供品交換增味劑。至於要當成供品的魔物，海克力斯肯定會努力去打獵收集的。」

「我知道了～！」

就這樣，麒麟召喚的講解課程順利結束。

「……嗯？剛才怎麼好像很自然地就拿藍鳳凰出來消費了……」

「……對耶！我只想著魔法的事情，都沒注意到這點……」

艾莉亞小姐和梅希亞小姐好像又開始在討論什麼事情……但是如果不快點出發，公會就要關門啦。

「總之我們快走吧。」

我硬是把話題打斷了。

◇

「這是任務達成的酬勞，總共八萬佐魯。」

我們收下櫃檯小姐給的錢……順利完成了委託達成的報告。

呼，這下整件事情終於都結束了。

正當我這麼想的時候……櫃檯小姐又補充說道：

「請問還有其他在路上順便討伐的魔物嗎？可以合併一起收購喔。」

……對了。

整件事情要說結束好像還太早啦。

這次的討伐行動本來應該還會有一筆海克力斯的素材變賣金。

我還沒有補貼那部分的酬勞。

總之，先讓艾莉亞小姐想起我交給她的那個吧。

「艾莉亞小姐，我們在去程的路上不是有討伐殺手袋鼠嗎？把那個也拿出來換錢吧。」

「……啊，說得也是！」

艾莉亞小姐如此回應後，從收納魔法中拿出兩隻殺手袋鼠的屍體。

看著她那動作……我也當作是順便，從收納魔法拿出剛才切成兩半的藍鳳凰屍體，追加放到櫃檯上。

「啊，還有這個也一起。」

我裝出很自然的態度，試試看能不能順便一起變賣素材。

但是……

「「不不不！」」

櫃檯小姐、艾莉亞小姐和梅希亞小姐三個人都同時對我吐槽。

「要是藍鳳凰出現在路上誰受得了啦！」

「話說那個不是剛才切成兩半的傢伙嗎？」

「說到底，藍鳳凰並不是生存於地表上的魔物呀！」

三個人團結一致，想要把藍鳳凰塞回我手中。

「的確……說在路上打倒的是我在撒謊。可是……本來這個小隊應該還會得到一筆海克力斯的素材錢不是嗎？所以我想說好歹也要補貼一下那部分的差額……」

無可奈何下，我只好老實講出來了。

然而……

「就算是那樣，咱們也沒辦法收下什麼藍鳳凰啦！不管怎麼想，那樣都領太多了！」

「畢竟是我妹妹收下了海克力斯……對我來說，那樣就已經非常足夠了！」

那兩人看起來都堅決不願收下藍鳳凰的樣子。

「話說，什麼魔物不好挑，為什麼偏偏是藍鳳凰啦？難道沒有其他更平價一點的魔物候補嗎？」

梅希亞小姐從另一個角度又繼續對我吐槽。

就算她這麼說……我真的別無選擇啊。畢竟其他的魔物屍體，我都拿去換成增味劑了。不過也許只是我記錯而已，收納魔法中還有剩下其他低等魔物的可能性也並非為零。

姑且用「收納搜尋」魔法整理一下收納魔法裡的東西吧。

我這麼想著，發動「收納搜尋」。結果……

「找到了！」

沒想到我用「藍鳳凰以外的魔物屍體」這個條件搜尋，居然在前世的收納部分有了一筆反應。

既然大家對於藍鳳凰的反應是那樣，我就換成這個吧。

於是我從收納魔法中拿出那隻魔物。

……

……

……嗯？

這魔物，好像很明顯不算比藍鳳凰低階的樣子……

或者應該說，好像是以我這輩子的實力還沒辦法打倒的傢伙。

「不好意思，我這邊剩下的其他魔物，就只有阿撒托斯而已。」

那三個人都當場摔倒了。

「今天真的是非常感謝您！」
「不會不會。希望抗體可以幫上忙。」
在委託人的目送下，我離開了國立魔法科學感染研究所的建築物。
大約一個月前，世界上出現一種魔物，形成了重大的社會問題。
那魔物就是……「白鬚史萊姆」。
外觀看起來像是長了兩根白鬍鬚的史萊姆，從某個時期開始忽然急遽增加數量，變得會攻擊人類。
至於為什麼這會形成重大的社會問題，理由就在於那個白鬚史萊姆的真面目。
白鬚史萊姆一如字面所示，是因為外觀看起來像長了兩根白鬍鬚所以被這麼稱呼的……不過那看起來像鬍鬚的東西，其實是一種寄生蟲。
普通的史萊姆由於感染到寄生蟲而獲得了強大的力量與凶猛的性情。這就是白鬚史萊姆的真相。

然後，這點也是白鬚史萊姆最讓人擔心的部分。

老實講，現階段為止發現的白鬚史萊姆要說很危險嘛，其實也不然。

雖然力量明顯超出了史萊姆的範疇，但也頂多是稍有實力的冒險者都能輕鬆打倒的程度而已。

然而……就算現在還沒什麼問題，假設有一天讓馴魔師施予覺醒進化過的史萊姆感染上這種寄生蟲，狀況就會完全不同了。

到時候搞不好會誕生出即使整座城市的冒險者全數出動攻擊，也完全無法與之對抗的白鬚史萊姆。這樣的可能性並非完全沒有。

當然，很快已經有人為了防患未然而有所行動。

其中在較早的階段便開始研擬對策的，是一個叫國立魔法科學感染研究所的機關。

這個機關很早就開始著手研究，是否能夠製造出防止史萊姆被寄生蟲感染的疫苗或血清。

然後這個機關針對史萊姆的各種免疫機制徹底研究的結果，就在前幾天終於成功發現了一項重要的事實，能夠成為根本性解決這個問題的契機。

那個事實就是……史萊姆之中被稱為「超級史萊姆」的種類，具備一種叫「感知免疫」的能力，可以感知到病原體散發的魔力並預先製造出抗體。

這個機關發現，超級史萊姆由於能夠在病原體侵入體內之前就讓免疫機制完成，所以不會染上任何疾病。

利用這樣的性質，讓超級史萊姆與捕捉到的白鬚史萊姆在近處共處一段時間……就能從超級史萊姆身上獲得抗體了。

國立魔法科學感染研究所發現這點後，前幾天為了實驗，緊急召集了有馴服超級史萊姆的馴魔師。

於是我今天就被叫到這裡來了。

因為我的從魔正是覺醒超級史萊姆……所以為了協助實驗，我和從魔一起來到這個設施。

實驗的結果非常成功，覺醒超級史萊姆順利發動感知免疫，然後我拜託牠『量產抗體並吐出來』之後，牠便把抗體吐在燒杯中了。

實驗結束後，我們受到盛大的感謝……獲得一筆巨額的酬謝金。

然後現在，我們領完酬謝金，正準備離開研究所。

走出建築物後，我坐進停在停車場的魔導自家用車。

『這筆錢是託你的福賺到的，所以今天要好好犒賞你一番！』

發動引擎的同時……我用精神感應如此告訴覺醒超級史萊姆。

『好耶！』

結果覺醒超級史萊姆就在後座開心得跳來跳去。

這傢伙就是這樣天真無邪的地方很可愛啊。

我想著這樣的事情，並把車子開向回家的方向。

大約十分鐘後……就在經過一處交叉路口的地方，看到了一間超市。

於是我進入那間超市……遵守約定，買了覺醒超級史萊姆最喜歡吃的一種叫「高級魔獸脆片」的點心。

這個高級魔獸脆片中添加了「L—魔獸麩胺酸」當成增味劑，取代一般的魔獸麩胺酸。

L—魔獸麩胺酸是把跟麒麟交易獲得的魔獸麩胺酸，利用特殊魔道具的高能量波照射後出現的物質。

這物質明明在分子構造上跟原本的魔獸麩胺酸只有一點點不同，卻能讓從魔感受到的味覺刺激提升到原本的十倍，可說是非常神奇的物質。

由於多加了這一道製造過程，高級魔獸脆片的價格昂貴到完全不是普通的魔獸脆片能相比的程度。

不過像今天這種特別的日子要當禮物的時候，就非常值得購買。

『拿去吧。』

『耶～！』

我把高級魔獸脆片的袋子打開……覺醒超級史萊姆便立刻撲了上去。
對那模樣不禁露出微笑的我，把車子駛出超市的停車場，重新開上回家的路。

◇

後來過了一個小時左右，一路上都非常順遂。
完全沒有碰上任何塞車的狀況，順暢地來到距離我家只剩一半路程的地方。
然而由於長途駕駛讓我有點想上洗手間，於是我繞進了剛好在近處的一間休息站。
這間休息站因為打烊時間比較早，這麼晚的時間來，半點人影都看不見。
不過這裡的洗手間是設置在店家外面……在這點上就完全沒有問題了。
……我這麼想著，準備把車停到休息站的停車場。
可是就在這時，我看到了一個教人感到恐怖的景象。
「那……那是什麼？」
停車場上躺著一個巨大的黑影。
當看見那影子時……我忍不住如此呢喃。
我接著把車停到近處，小心翼翼地嘗試接近那影子。

「這黑色的霧是什麼東西？」

走近一看……我發現那黑影原來是被看起來很毒的黑霧包覆著全身，似乎奄奄一息的魔物。

『怎麼啦～？』

大概是看到我動也不動地呆站在魔物前而感到不安的緣故……隨後下車的覺醒超級史萊姆有點擔心地對我如此詢問。

「真是教人毛骨悚然……」

就在我這麼想的時候……

我注意到那隻魔物好像在呢喃什麼……於是用馴魔師的魔法竊聽看看魔物的自言自語。

『撒……托斯……該死的阿撒托斯……不可……饒恕……』

結果……我聽出了那隻魔物在呢喃著這樣的話。

「阿撒托斯？」

聽到那句話……我立刻猜到折磨這隻魔物的黑色霧氣究竟是什麼了。

這團霧恐怕就是「原初混沌」。

是阿撒托斯會使用的一種瘴氣攻擊手段。

如果眼前這隻魔物是跟阿撒托斯交手後變成了現在這個模樣……那麼牠肯定就是

被那個「原初混沌」擊敗的吧。

「……若是如此，該怎麼辦才好啊……」

然而……就算知道了這點，我也想不出可以解決問題的方法。

「原初混沌」是現存的所有解毒方法都無效、堪稱不治的毒物攻擊。

即使知道了黑霧的真面目，如果解決方法不存在，就根本沒有辦法改變現狀。

再加上……雖然已經奄奄一息，但這隻魔物明明受到這個瘴氣攻擊卻還活著，可見其生命力之強。從這點看來，單純的回復魔法對牠來說恐怕也只是杯水車薪。

現在的狀況就是我不但無法根治牠的毒，就連緊急治療都做不到。

真是沒辦法。雖然很遺憾……但我似乎只能放棄拯救這隻魔物了。

就在我如此想著，並準備走向原本要去的洗手間時……

『吶，要不要用這個～？』

覺醒超級史萊姆讓自己的身體變形，在頂部做出一個凹槽……然後朝裡面吐出液體。

「……啊。」

看到那行為……我才注意到自己竟忘了一件重要的事情。

對啊，我怎麼沒想到？

我們不是有覺醒超級史萊姆的「感知免疫」嗎？

明明我們今天就是為了那個實驗到國立魔法科學感染研究所的，我竟然會忘記這件事。連我都覺得自己有夠沒用。

哎呀，雖然說就算我記得這件事，我應該也不會想到連瘴氣都屬於免疫的對象範圍就是了……

但既然現在覺醒超級史萊姆能夠拿出抗體（或者說像這樣的狀況應該叫血清？），或許就代表那答案是肯定的。

『謝謝。好，就拿來用吧。』

我如此表示後……從收納魔法拿出一本書，翻到最後。

這本書叫「魔獸醫學基礎實驗」，是我大學時代用過的教科書。

而在這本書的最後有附一根注射器……所以我打算用這個幫魔物注射血清。

我用注射器吸取凹槽中的血清後，注射到魔物身上看起來應該是靜脈的部分。

後來一段時間內，魔物雖然還是跟注射前一樣持續衰弱……不過大概是血清開始發揮效果，那魔物的呻吟聲逐漸變小。

「……看來應該已經沒事了。」

我確認魔物的自然治療能力開始超越瘴氣造成的傷害之後……便暫時去上了一下洗手間。

然後等到我回來一看……

了。

「……喝啊啊啊——！」

回復到一定程度的那隻魔獸靠著氣魄把瘴氣吹散……接著便疲累得當場昏過去了。

「……總之，我們把牠帶回去吧。」

看著那隻魔物的樣子……

我決定把牠載到車上，一起帶回我家了。

畢竟牠好不容易回復了，萬一阿撒托斯又跑回來補最後一刀，讓牠到最後還是喪命，我也會很不甘心啊。

而且其實我現在剛收集完五種覺醒進化素材……正在考慮差不多要收下一隻從魔了。

既然是能夠忍受阿撒托斯的瘴氣到某種程度的魔物，肯定能夠成為相當強大的戰力。

回到家，等這隻魔物清醒後，我就試著說服看看能不能幸運馴服牠吧。

我腦中想著這樣的計畫，再度讓車子開上歸途。

◇

然後……回到家的第二天早上。

『帶回來的那孩子，醒過來囉～！』

隨著覺醒超級史萊姆的這樣一句話，我睜開了眼睛。

『哦？醒來啦？』

我從棉被裡起身一看……昨天那隻魔物彷彿什麼事情都沒發生過一樣，輕鬆愜意地坐在房間中。

照那樣子應該可以講話了吧。

於是我準備完早餐後，對那隻魔物詢問起來。

『你……是猶格·索托斯對吧？』

首先……我向那隻魔物確認。

昨天晚上我稍微翻了一下指南手冊……符合「中了『原初混沌』也不會當場喪命，而且外觀又跟這隻魔物很像」這種條件的魔物，我只有找到這個。

我想這個推測應該不會錯吧。

『沒錯。昨天受你照顧啦，真沒想到我居然會被人拯救啊……』

結果……這隻魔物不出所料地對我這麼回答。

『那個瘴氣……是阿撒托斯吧？為什麼會發生那樣的事情？』

我接著決定先問問看猶格．索托斯會跟阿撒托斯發生戰鬥的來龍去脈。

『我跟阿撒托斯那傢伙從以前就很合不來了。至今也發生過數不清的小爭執。那些問題一直累積，到昨天就真的讓我一把火衝上腦袋，決定要跟那傢伙徹底做個了斷了。』

猶格如此回答。

『那個渾蛋，現在回想起來還是超不爽的。雖然你好不容易幫我救回一命，這樣不太好意思，但我還是要現在立刻去找那傢伙算帳——』

『等等！我有個好提議！』

就在猶格從沙發站起來的瞬間，我趕緊這麼叫住牠。

這傢伙……不是可以慢慢講話的類型啊。

要是我繼續慢慢跟牠講話，牠肯定沒多久就會衝出家門去找阿撒托斯了。

我本來想說要先聊聊彼此的經歷，互相熟識一下的……但這下看來沒辦法那麼悠哉的樣子。

計畫變更。

我必須首先向牠說明「我有一項手段能夠讓牠壓倒性地贏過阿撒托斯」，讓牠對於覺醒進化產生興趣才行。

『在離開之前，你先冷靜下來聽我說。只要靠我的力量……就能讓你獲得壓倒性的強化，甚至到能夠徹底痛毆阿撒托斯一頓的程度。』

雖然猶格會不會上鉤完全是一項賭注……但我並非沒有勝算。

光是從剛才短短一瞬間的對話中就能清楚知道，猶格對阿撒托斯抱有強烈的敵意。

然後牠如果想要確確實實把阿撒托斯打倒，肯定會有很高的機率打消現在立刻衝出去的念頭，先聽聽看我怎麼說吧。

我如此判斷，所以才首先提出了自己能夠為猶格提供的好處。

『你說……讓我、強化？』

結果……猶格停下動作，稍微頓了一下後向我如此詢問。

『沒錯，就是那樣。』

我這麼表示後……猶格便走回沙發，一屁股坐了下去。

『人類居然會有讓我強化的力量。如果是平常，我肯定會一笑置之。不過……畢竟救命恩人講的話，我就姑且聽聽看你怎麼說吧。』

猶格恢復到牠剛清醒時的冷靜態度，對我這麼說道。

……看來牠暫時打消立刻衝去打架的念頭了。

『那個方法叫做覺醒進化。只要把這些道具排列好，然後我詠唱正確的咒文……光是這樣，就能讓你的力量壓倒性地獲得提升了。』

我從收納魔法中實際拿出覺醒進化素材給猶格看，並如此簡潔說明。

……雖然其實我現在只有湊到五個素材，還必須再去收集第六個素材就是了。

『當然，如果要讓這個方法成功，你必須先跟我同心一意才行。或者說……講白一點，就是你必須先成為我的從魔。畢竟覺醒進化終究是馴魔師的魔法。』

『這樣……』

我接著說明了條件方面的內容後……猶格的表情頓時變得有點黯淡。

『雖然說是從魔，但我當然沒有特別要大幅限制你行動的意思。畢竟如果你打倒了阿撒托斯，我也想要那個素材……而且你想去做個了斷，我也不會阻止你。像現在……這隻史萊姆是我的從魔，牠就過得非常自由。對吧？』

『超舒服的～』

我嘗試說服後，覺醒超級史萊姆也跟著表現出自己過得很舒適的樣子。

『唔……』

結果猶格依舊帶著複雜的表情，煩惱呻吟起來。

哎呀……畢竟是忽然說要成為從魔，就算聽說因此可以變強，還是難免會感到遲疑吧。

在這點上，我只能祈禱猶格能夠按照自己的意思得出正面的結論了。

就在我如此想著，並吃起早餐的時候……

『……哎呀，我充分理解這並不是什麼壞事了……但可以先讓我看看那樣做，實際上能夠帶來多大的好處嗎？』

猶格像是已經答應一半似地提出這樣的結論。

『讓你看看的意思……是想看看我們戰鬥的樣子嗎？』

『沒錯。那隻超級史萊姆是你的從魔對吧？一般的超級史萊姆大概有多少實力，我大致上已經知道了。所以我想先看看牠實際上跟我所知道的程度有多大的差異，再做判斷。』

『……原來如此。』

……實戰演出，是吧。如果那樣可以讓牠心服，確實是最好的做法。

因此我決定接受猶格提出的條件了。

……反正如果想要覺醒進化，我也剛好必須再收集一個素材才行嘛。

就趁回收素材的同時，順便讓猶格看看我們戰鬥的樣子吧。

◇

兩天後。

我們來到一座名叫「千兩島」，棲息有各種強大魔物的狩獵聖地孤島。

在這座島上，會大量出現各種中難度迷宮的迷宮頭目等級的魔物。

由於想要短期大賺一筆或是想要收集覺醒進化素材的馴魔師，會為了那豐富的資源而來到這座島，因此取了這樣的名稱。

雖然說，那樣「資源充沛」的島嶼反過來講，對於馴魔師以外的冒險者而言，單純只是一座危險的島嶼就是了。

總而言之，我也同樣不例外地為了收集覺醒進化素材（順便向猶格展示戰力），而來到了這地方。

我們進入島中探索了一下……很快就出現一隻魔物擋在我們的面前。

是左右眼顏色不同的熊型魔物——異瞳棕熊。

『猶格（Yog），你仔細（Yoku）看清楚囉。』

……總覺得我好像講了什麼諧音冷笑話，但仔細想想這句話以諧音冷笑話來說並不算成立，因此應該不用去在意吧。

就在我想著這樣無聊的事情時……覺醒超級史萊姆往前站出一步，進入戰鬥狀態。

『音波攻擊。』

接著，覺醒超級史萊姆的身體瞬間看起來變得模模糊糊。

一轉眼間，異瞳棕熊就全身碎裂，當場喪命了。

音波攻擊。那是利用史萊姆的身體能夠自由變形的特性，讓自己的身體像音響喇叭一樣震動，發出超音波攻擊敵人的必殺技。

『……啥！』

見到那一幕……猶格彷彿看到什麼不可能會發生的事情般大吃一驚。

『看，剛才那招，以超級史萊姆來說很強吧？』

『什麼很強……根本不是用那種程度可以形容的威力吧……？』

猶格就像在主張「這跟我聽到的完全不一樣啊」似地陷入困惑之中。

……看來這是個好兆頭。

見到猶格那個樣子，我心中如此覺得。

『好，我們繼續行進吧～』

雖然光是剛才那一戰，搞不好就已經讓猶格決定要加入成為我們的夥伴了……但不管怎麼說，畢竟我還沒打倒可以換成覺醒進化素材的魔物嘛。

於是我朝著剛剛異瞳棕熊出現的方向，繼續往深處行進。

後來過了大約兩個小時……

『夠了，我知道了。我已經可以想像自己會變得亂強一把了，拜託快點讓我加入你們吧。』

我一邊探索一邊把路上遇到的所有魔物一隻接一隻都打倒後……猶格對我講出了這樣一句話。我想說這是個好機會，於是就決定直接在這裡締結從魔契約了。

『是沒問題啦。不過重要的是讓你強化的材料還有一個沒湊齊，所以在到手之前我們不會回去喔。』

我如此說著，放出契約魔法。

猶格也毫不抵抗地接受了契約。

『這下超期待對阿撒托斯那傢伙報仇啦。』

『我也很期待阿撒托斯的素材喔。』

我們這樣一邊交談著，一邊悠哉往前走。

就在這時……我忽然感受到某種極為不妙的氣息。

『嗚哇！剛才那是什麼～？』

『感覺是很不妙的傢伙，沒問題嗎？』

覺醒超級史萊姆跟猶格似乎也注意到那氣息而對我這麼說道。

『那是……』

我預測了一下那氣息的真面目。

接著——我決定無論如何都要去打倒那個散發出氣息的傢伙了。

『我們上。』

我說著，朝氣息傳來的方向小跑起來。

『你難不成……是要去打倒那傢伙嗎？……我是不是也一起幫忙比較好？』

豬格跟在我後面，有點擔心地如此問道。

『不……沒關係。這次由我來。』

對於他的詢問，我這麼回答。

接著……

『超級史萊姆，我們用**那招**。』

『好～！』

聽到我的指示後……覺醒超級史萊姆便收到我舉起的手掌上。

就在那瞬間，我感覺周圍的一切景象都彷彿放慢了速度。

在那樣的狀態下，我一邊用覺醒超級史萊姆運球，一邊前進。

結果釋放出那不妙氣息的傢伙，一隻巨大的豬形魔物出現在我們眼前。

那是豬八戒的高階種——豬百戒。

「嘎喔喔喔喔喔喔！」

豬百戒注意到我們後……大概是為了威嚇而大吼一聲，同時在右手上召喚出一本書。

那本書自然不用說，就是「恐怖經典」了。

畢竟豬百戒是豬八戒的高階種，那招的威力也不是豬八戒可以比擬的程度……要是讓牠發動，我們絕對會當場喪命。

不過，我當然一公釐也沒有要讓牠那麼做的意思。

「你頭抬太高了。」

我如此詠唱後，將覺醒超級史萊姆胯下運球，彈跳兩次。

「！！？」

結果……豬百戒緊接著就全身失去平衡，往後倒下。

然後就那樣當場喪命，動也不動了。

我剛才使用的這招，叫重心崩死（Ankle Breake）。

這是當從魔之中有史萊姆的狀況下，能夠與史萊姆合作發動的馴魔師職業專用魔法。

雖然看起來像是以我為主體發動魔法……但其實感覺上比較接近馴魔師透過詠唱與動作，輔助史萊姆的攻擊招式。

效果是當場斃命類型，對多少等級的魔物有效，要看從魔史萊姆的強度而定。

也就是說，我的覺醒超級史萊姆的強度，有達到足以讓豬百戒等級的魔物當場斃命的條件。

順道一提，這招屬於真·詠唱魔法，而「你頭抬太高了」就是招式的詠唱咒語。

『……嗯？已經結束了？』

看到這一連串的發展……猶格露出當場愣住的表情，呆站在原地。

『是啊，結束了。』

我如此回應的同時……走近已經化為屍體的豬百戒。

這傢伙其實是可以拿來交換覺醒進化素材的魔物。

正因為如此，所以我才會明明感受到不妙的氣息還自己主動前來討伐的。

「麒麟啊，現身我眼前……做一場互惠互利的交易吧。」

『汝所求之物，是覺醒進化素材，還是增味劑？』

『是覺醒進化素材。』

『……素材是這個嗎？』

『沒錯。』

我接著召喚出麒麟如此對話後，麒麟便對豬百戒的屍體吹了一口氣，讓屍體變化為覺醒進化素材。

然後我將那個素材以及收納魔法中剩下的五個素材排列到猶格周圍。

『那麼，要開始覺醒進化囉。你準備好了嗎？』

『……好、好了。』

我確認原本愣住的猶格總算回神後……開始詠唱覺醒進化用的咒語。

「麒麟啊……願汝賦予力量的祝福！」

於是……六個覺醒進化素材綻放出耀眼的光芒，包覆猶格。

那道光依循紅、橙、黃、綠、藍、靛、紫的順序變化七種顏色……等到光芒收斂後，原本應該放在地上的覺醒進化素材都消失無蹤了。

『怎麼樣？』

『……這、這是什麼力量！有了這份力量，區區阿撒托斯根本可以打得落花流水了嘛！』

我問了一下感想……結果猶格非常興奮地大叫起來。

『啊，如果你要去打倒阿撒托斯，現在就去沒關係喔。我們會準備回家……你打倒阿撒托斯之後，再跟我聯絡。』

『好耶——！』

我如此下達許可後，猶格便得意洋洋地前去和阿撒托斯一決勝負了。

……那麼我們就慢慢走去搭船，離開這座島吧。

◇

就在我順利搭上渡輪，利用船上的餐飲服務叫了一杯飲料開始喝的時候……

『我痛殺一頓回來啦！』

我忽然收到這樣一句精神感應……知道猶格順利獲得勝利回來了。

『恭喜。順道一提，我們已經搭上渡輪囉。』

我用精神感應如此回應，又喝了一口飲料。

……就在這時……

「喂，你快看！」

「那該不會……是猶格・索托斯吧？」

猶格接近到可以用肉眼看見的距離時……搭乘同一艘渡輪的其他冒險者們，注意到牠的存在而大叫起來。

「猶格・索托斯……千兩島上有棲息那種魔物嗎？」

「該不會是要攻擊我們吧？」

「你們冷靜下來。在這艘船上的我們好歹全部都是馴魔師。只要我們一同合作，應該可以打到牠才對……」

緊接著……他們似乎把猶格誤以為是野生的魔物，結果講起了這種話。

不妙啊。在誤會傳開之前，我是不是出面說明那是跟我分頭行動的從魔比較好……？

我如此想著，從座位上站起來準備開口。

但就在那瞬間……

「……不，等等。那個……恐怕已經覺醒進化過囉？」

「……也就是說，那難不成是船上這些人之中誰的從魔嗎？」

「那就放心啦。」

一名乘客注意到這點，於是用不著我出面說明，大家的誤會就解開了。

然而……

「話說……猶格．索托斯是有辦法馴服的魔物嗎？」

「不，就我所知，那是自尊心超級高的魔物，過去應該完全沒有成功馴服的案例才對。」

「我、我知道的也是那樣。」

「也就是說，這船上的乘客之中，有個能夠馴服牠的強者……嗎？」

「「「（……咕嚕。）」」」

乘客們接著把關心的焦點轉移到猶格．索托斯的馴服難度上……讓船上醞釀出一片希望不要現在出發回去的氣氛。

……早知道這樣，我就約在渡輪回港之後再跟猶格會合啦。

我看著猶格逐漸接近的身影，只能抱著複雜的心情默默喝飲料了。

登場人物介紹

Character Data

1

The Useless Tamer
Will Turn into
the Top Unconsciously
by My Previous
Life Knowledge.

Character Data 01

姓　名	Name
瓦里烏斯	

種　族	Race
人類	

職　業	Job
馴魔師	

年　齡	Age
8歲→12歲	

原本是一名最強的馴魔師，因為收納魔法的意外事故而轉世到了異世界。
平常的個性我行我素，不過遇到麻煩的事情就會想快快解決掉。
很照顧自己的從魔，轉世前的冒險夥伴有超級史萊姆、巫妖與猶格·索托斯（全部覺醒過）。

01

Character Data 02

姓　名 Name

高卡薩斯

種　族 Race

魔物（甲蟲類）

職　業 Job

瓦里烏斯的從魔

年　齡 Age

100歲以上
（換算人類年齡約 20 歲）

棲息於千年樹上，被稱為「甲蟲帝魔」而受人畏懼的最強魔物。
根據狀況需要可以變身成１／１０的大小。
智力也很高，能夠與瓦里烏斯透過精神感應對話。
最喜歡吃的東西是瓦里烏斯特製的魔物脆片。

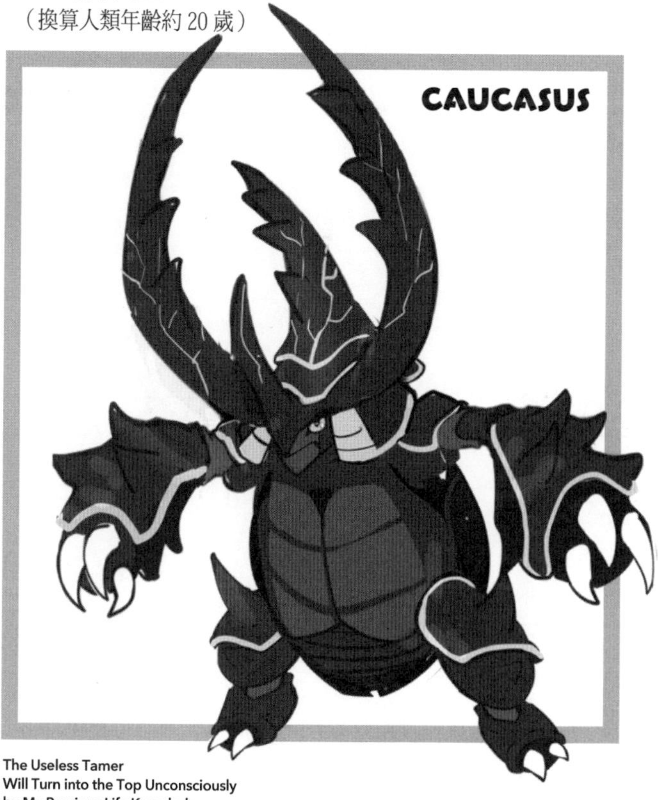

02

The Useless Tamer
Will Turn into the Top Unconsciously
by My Previous Life Knowledge.

Character Data 03

姓　名 Name

巴力西卜

種　族 Race

魔物（昆蟲類）

職　業 Job

高卡薩斯的搭檔

年　齡 Age

100歲以上
（換算人類年齡約 20 歲）

高卡薩斯帶來的搭檔。蒼蠅王。
個性快活而直爽。
擁有從外觀上難以想像的實力，即使是比自己還要大的魔物也能輕鬆擊敗。
如果要搬運比自己還要大的東西時，會使用念力讓東西飄浮在自己身邊。

BEELZEBUB

03

The Useless Tamer
Will Turn into the Top Unconsciously
by My Previous Life Knowledge.

Character Data 04

姓　名 Name

阿提米絲

種　族 Race

月亮女神

職　業 Job

神性存在

年　齡 Age

自宇宙誕生時便存在
（不會增長年齡）

ARTEMIS

由於彗星衝撞而從月球掉落到地表上的月亮女神。
唯有衛星、彗星或小行星等天體上才存在的特殊金屬──露娜金屬如果在身邊越多，就能成為越強大的存在。
將神通力授予瓦里烏斯，協助他的冒險活動。

04

The Useless Tamer
Will Turn into the Top U onsciously
by My Previous Life Knowle

Character Data 05

姓 名 Name

麒麟

種 族 Race

麒麟
（麒麟是名字兼固有生物名）

職 業 Job

神性存在

年 齡 Age

自宇宙誕生時便存在

（不會增長年齡）

能夠透過特定的詠唱做召喚，使馴魔師成為最強的存在。
以魔物的屍體做交換，可以得到讓從魔大幅進化的覺醒進化素材，或是收服從魔時可以派上用場的增味劑。

05

The Useless Tamer
Will Turn into the Top Unconsciously
by My Previous Life Knowledge.

後記

從網路版過來的讀者們大家好，第一次閱讀本作品的讀者們初次見面。我是作者可換環。本作是敝人的出道作……實在讓人感慨萬千呢。好啦，由於這次聽說後記可以寫整整三頁的篇幅，讓我有點猶豫到底該寫些什麼才好……不過既然機會難得，我想就來介紹一下製作祕辛，或者應該說有點像「其實這個設定有這樣的出處喔」的內容吧。

所以說……這次的主題是關於「真・詠唱魔法」。這在本作中是以「藉由調整聲帶的開閉程度或喉結位置，以特定的聲調詠唱而發揮比無詠唱更強大的威力」的魔法登場……不過其實這個設定的出處，是來自實際存在的一種發聲訓練方法喔……什麼什麼？您說「我才沒聽過那種發聲訓練方法」是嗎？確實，對於多半的人來說，這想必是很陌生的一種發聲訓練方式。之所以會這麼說……是因為這個方法在學校的音樂課或是知名的發聲訓練班其實都不會教的。

那麼我究竟是怎麼知道這個方法的呢？整件事的來龍去脈是這樣的：我從高中一年級的時候就基於興趣在從事作曲活動……而那樣的我曾經有個煩惱，就是「高音部分無法唱得安定，或者應該說唱到高音的 La 以上就每次都會變成怪聲」。自己做的曲子卻沒有辦法隨心所欲地唱出來，這樣的焦躁感讓我在成為大學生之後，決定去上發聲訓練班了。一開始我想說「果然還是知名企業的訓練班比較可以信賴吧」而開始參加一間全國連鎖的發聲訓練班。而那個訓練班教我的就是「總之要把腹式呼吸法做好，想像讓聲音從頭頂的部分發出去……」這樣，只要提到發聲練習想必多數的人都會想像到的內容。

然而……即使我按照那樣的教學，每天都有空出一個小時的練習時間好好練習，卻始終都沒有進步的跡象。我就在這時候開始有種「是不是太奇怪了？」的感覺，認為自己半年來拚命練習，現在的聲音卻跟半年前自己錄下的聲音之間完全感受不出差異，這該不會是有什麼地方搞錯了吧？

於是我首先想說「總之去找一本在學術上有所根據的聲樂書來看看吧」。幸運的是，我就讀的大學是一間綜合大學，當中也有藝術類的學系，因此我很簡單就找到了那樣的書籍。然後我讀了一下那本書發現……教人驚訝的是，我所學的發聲訓練居然是被證實為「雖然一般認為正確但其實完全沒有任何科學根據」的方法。以此為契機，我決定換一家訓練班了。然後參考那本書，尋找會基於科學性、醫學性根據訓練發聲的地方……結果找到了一名從事個人線上教學的老師。而我從那裡學到的方法，就是「讓聲帶、喉頭、軟顎、甲狀軟骨等喉嚨的各個部位能夠個別自由活動」的訓練。自從學了這個方法後，雖然還不算完全，但我姑且變得能夠發出高音，明確感受到自己的成長了。由於這個體驗對我來說實在很有衝擊性……因此在執筆本作的時候，腦中便閃過「對了，把它當成一種詠唱系統吧」的靈感啦（笑）。

……以上，感覺我好像有點離題過度了。最後，謹讓我向各位表達謝意。在本作品以書籍形式出版的所有過程中都在背後默默支持的責任編輯N大人、為本書提供出色的封面與插圖的カット老師、從其他部分參與了本書製作的所有同仁，以及各位讀者。託大家的福，讓本書順利出版了。真的非常感謝各位。期待下一集也能再相見！

國家圖書館出版品預行編目資料

關於我靠前世所學讓底層職業的馴魔師大翻身這檔事 / 可換　環作；陳梵帆譯．-- 1 版．-- 臺北市：城邦文化事業股份有限公司尖端出版：英屬蓋曼群島商家庭傳媒股份有限公司城邦分公司發行，2022.02-
冊；　公分
譯自：俺の前世の知識で底辺職テイマーが上級職になってしまいそうな件
ISBN 978-626-316-346-1（第 1 冊：平裝）

861.57　　110018896

浮文字

關於我靠前世所學讓底層職業的馴魔師大翻身這檔事1

（原名：俺の前世の知識で底辺職テイマーが上級職になってしまいそうな件1）

著　者／可換 環　　繪　者／カット　　譯　者／陳梵帆
榮譽發行人／黃鎮隆　　美術總監／沙雲佩　　國際版權／黃令歡、梁名儀
總　經　理／陳君平　　美術編輯／徐祺鈞　　文字校對／施亞蒨
協　　　理／洪琇菁　　執行編輯／曾鈺淳　　內文排版／謝青秀
總　編　輯／呂尚燁　　企劃宣傳／楊玉如、洪國瑋

出　　版／城邦文化事業股份有限公司 尖端出版
台北市中山區民生東路二段一四一號十樓
電話：（〇二）二五〇〇—七六〇〇
傳真：（〇二）二五〇〇—二六八三
E-mail: 7novels@mail2.spp.com.tw

發　　行／英屬蓋曼群島商家庭傳媒股份有限公司城邦分公司 尖端出版
台北市中山區民生東路二段一四一號十樓
電話：（〇二）二五〇〇—七六〇〇（代表號）
傳真：（〇二）二五〇〇—一九七九

中彰投以北經銷／楨彥有限公司（含宜花東）
電話：（〇二）八九一九—三三六九
傳真：（〇二）八九一四—五五二四

雲嘉經銷／智豐圖書有限公司 嘉義公司
電話：（〇五）二三三—三八五二
傳真：（〇五）二三三—三八六三
客服專線：〇八〇〇—〇二八—〇二八

南部經銷／智豐圖書有限公司 高雄公司
電話：（〇七）三七三—〇〇七九
傳真：（〇七）三七三—〇〇八七

香港經銷／一代匯集
香港九龍旺角塘尾道六十四號龍駒企業大廈十樓 B & D 室
電話：（八五二）二七八三—八一〇二
傳真：（八五二）二五八二—一五二九

新馬經銷／城邦（馬新）出版集團 Cite（M）Sdn. Bhd.
E-mail: cite@cite.com.my

法律顧問／王子文律師　元禾法律事務所
台北市羅斯福路三段三十七號十五樓

二〇二二年二月一版一刷

■中文版■

郵購注意事項：
1.填妥劃撥單資料：帳號：50003021戶名：英屬蓋曼群島商家庭傳媒(股)公司城邦分公司。2.通信欄內註明訂購書名與冊數。3.劃撥金額低於500元，請加附掛號郵資50元。如劃撥日起 10～14日，仍未收到書時，請洽劃撥組。劃撥專線TEL：(03)312-4212 ・ FAX：(03)322-4621。E-mail：marketing@spp.com.tw